The People in the Castle: Selected Strange Stories

Joan Aiken

お城の人々

ジョーン・エイキン

三辺律子・訳

東京創元社

お城の人々　目　次

ロブの飼い主　5
携帯用エレファント　29
よこしまな伯爵夫人に音楽を　61
ハープと自転車のためのソナタ　79
冷たい炎　99
足の悪い王　123
最後の標本　143
ひみつの壁　163
お城の人々　179
ワトキン、コンマ　201

お城の人々

ロブの飼い主

Lob's Girl

人が飼い犬を選ぶこともあれば、犬が飼い主を選ぶこともある。ペンゲリー家の人たちには、ロブを選ぶにあたり、意見を言う機会はなかった。ロブが一家のもとへきたのは、後者のケースだったからだ。それも、もう決めたんです、というように。サンディが五歳のときだった。兄のドンは十二歳、下の双子《ふたご》は三歳。サンディの本当の名前はアレクサンドラだ。サンディのおばあちゃんは、アレクサンドラ王妃の美しい絵を持っていた。ダイアモンドのティアラをつけ、首元に幾重にも真珠《しんじゅ》を巻いた王妃の絵は、ピアスおばあちゃんのキッチンのシンクのそばに飾られていて、もはやドアマットと同じくらい、家族のみんなにとっておなじみのものだった。サンディが生まれると、みんなは口々に絵の王妃に生き写しだと言って、アレクサンドラと名づけ、ふだんはサンディと呼ぶようになった。

ある夏の日のこと、サンディはのんびりと寝そべって、マンガを読んでいた。双子たちのことはちゃんと見張っていなかったけれど、心配はなかった。二人とも、相手の脚を海藻《かいそう》で覆《おお》う競争に夢中になっていたのだ。お父さんのバート・ペンゲリーとお兄ちゃんのドンは、突堤でイワシ釣り用の舟の底にペンキを塗っている。お母さんのジーン・ペンゲリーはクリスマスプディング作りに精を出していた。八月の終わりまでに作って、ちゃんとしまっておかないと、どうにも落ち着かないのだ。いつものとおり、みんなは楽しい気持ちでそれぞれやりたいことをやっていた。だから、このあとすぐに、状況が一変するなんて思ってもいなかったのだ、いきなり体の大きい闖入者が飛びこんでくるだなんて。

サンディがごろんと仰向けになって、双子たちがつるつるすべる岩にのぼったり、満潮でもどれなくなったりしていないかをたしかめようとしたときだった。いきなり大きなものがみぞおちにぶつかってきて、サンディは舞いあがった砂をまともにかぶってしまった。思わず目をつぶると、温かくてざらざらした、湿ったタオルみたいなもので顔をぬぐわれた。その持ち主は、大きくて元気いっぱいのアルセイシアンの子犬だった。ジャーマン・シェパードとも呼ばれている。トパーズ色の瞳をして、とがった耳は先っぽが黒く、毛は厚くやわらかで、やはり先っぽの黒いふさふさの尾をしていた。

「ロブ!」砂浜の上のほうから、男の人が大声でさけんだ。「ロブ、もどってこい!」

ところが、ロブは、驚かせた罪滅ぼしをするつもりなのか、サンディの顔をなめつづけた。そのあいだもずっとしっぽを振っているものだから、また砂がもうもうと舞いあがる。飼い主は白髪の男性で、足を引きずりながら精いっぱい急いでやってくると、ロブの首輪をつかんだ。

「怖がらせてしまったかな?」男の人はサンディに言った。「この子は遊んでるつもりなんだ。まだほんの子犬なんだよ」

「大丈夫です。すごくきれいなワンちゃん」サンディは心からそう言って、流木の破片を拾うと、ポンと放った。ロブはぱっと飼い主の手を逃れ、砂色の弾丸みたいに追いかけていった。そして、全身から喜びを発散させながらもどってきて、流木をサンディに渡した。そのとき、ロブは、流木といっしょに自分のこともサンディの手にゆだねたのだ。その場ではだれも気づかなかったけれど。そしてサンディのほうも、まさにひとめぼれだった。さんざん木の棒を投げて遊んだあと、お茶の時間になったので双子たちを連れてお父さんとドンお兄ちゃんとうちへもどったのだけど、何度も何度も振り返っては、ロブがしっかりと首輪をつかまれて帰っていくのを見送った。

「あのワンちゃんと毎日遊べたらいいのに」双子のひとり、テスがため息をついた。

「どうして遊べないの?」もうひとりのティムがきいた。

サンディは説明してやった。「それはね、飼い主のドッズワースさんはリバプールの人だからだよ。フィッシャーマンズ岬には、土曜日までしかいないんだって」

「リバプールって遠いの?」

「ここからだと、イングランドの反対のほうじゃないかな」

ペンゲリー一家が住んでいるのは、コーンウォールの漁村だった。岩と崖と狭い砂浜と小さな丸い入江があって、漆喰《しっくい》塗りの石壁の家が立ち並び、庭にはシュロの木が生えている。村に入るには、くねくねと曲がりくねった狭くて急な山道をやってこなくてはならない。〈ここから二・五キロ低速ギア走行　自転車危険〉という標識が見張りのように立っていた。

ペンゲリー家の子どもたちはうちに帰ると、スコーンにコーンウォール産のクリームとジャムをつけて食べながら、ロブには会うことはもうないだろうなと考えた。ところが、そうではなかったのだ。夕食のあと、居間の暖炉の前でトランプをしていると、ドサッという大きな音がして、キッチンから食器の割れる音が響いてきた。

「ありゃ、あたしのクリスマスプディングだよ！」お母さんのジーンがさけんで、部屋を飛び出していった。

「中に爆弾でも入れたのかい？」お父さんが言った。

犯人はロブだった。玄関のドアが閉まっているのを知って、裏に回り、キッチンの開いていた窓から中へ飛びこんだのだ。ちょうどそこに、プディングが冷ますために置かれていたわけだ。でも、幸いなことに、落ちて割れたのは、いちばん小さいプディングのお皿だけだった。

ロブは後ろ足で立って、サンディの顔をなめてべたべたにした。それから、双子たちにも同じことをしたので、テスとティムはうれしくてきゃあきゃあ声をあげた。

「この友だちはどっからきたんだ?」お父さんがたずねた。

「フィッシャーマンズ岬に泊まってるの。あ、飼い主の人がってこと」

「なら、その人のところへ返さんとな。サンディ、ひもを探してきて、首輪につけてくれ」

「どうしてここがわかったのかねえ?」お母さんは不思議そうに言った。ロブは嫌がったが、クンクンと鳴きながら引っぱられていった。サンディはお母さんに昼間にビーチであったことを説明した。「へえ、フィッシャーマンズ岬は、入江をぐるっと回った反対側なのにねえ」

飼い主はロブを叱り、ペンゲリー氏にお礼を言った。ジーン・ペンゲリーは子どもたちに、ビーチでまたロブに会っても、これ以上遊んでやったりしないように言って聞かせた。もっと面倒なことになるだけだ。そういうわけで、次の日、子どもたちは母親に言われたとおり、ロブがいても見ないふりをしたのだが、ロブのほうがうれしそうにワンワン吠えながら走ってきたので、せっかくの決意も水の泡となった。ロブがしっぽをちぎれんばかりの勢いで振るものだから、テスは風に飛ばされそうになり、ティムは足元をすくわれてひっくり返ってしまった。

ロブと子どもたちは一日じゅう砂浜で遊んで、楽しい日を過ごした。

次の日は土曜日だった。サンディは、飼い主のドッズワースさんが九時半の列車に乗ると聞いていたので、こっそり家を抜け出して、駅へいった。駅長のホスキンズさんは、地元の人たちから入場切符代を徴収しようなんて夢にも思わない人だったから、サンディはちょこんと頭を下げて、線路の上にかかっている歩道橋の階段をのぼっていった。見られたくはなかったけれど、どうしても見たかったのだ。すると、ドッズワースさんがロブを連れて列車に乗るのが見えた。ロブは耳としっぽをくたりとさせ、悲しそうだった。列車はすべるように出発して岬を回って見えなくなり、物悲しい車輪の音は、ロブの最後のさよならのように聞こえた。

駅にこようなんて思わなければよかった、とサンディは思った。肩を丸め、両手をポケットに突っこんで、とぼとぼとうちまで帰ると、その日はずっと不機嫌なまま過ごした。いつものサンディらしくなかったので、テスとティムはびっくりしていたし、お母さんは腸に効くからとセンナを呑ませた。

一週間が過ぎた。その夜、お母さんと子どもたちは居間ですごろくをしていた。ペンゲリー氏とドンお兄ちゃんは夕潮の釣りに出かけていた。お父さんが漁師の場合、週ごとにうちにいる時間が変わるのだ。

すると、歴史が繰り返されるかのように、キッチンからガシャンという音が聞こえた。お母さんのジーンは飛びあがり、「ありゃ、あたしのブラックベリージャムだよ！」とさけんだ。子どもたちと午前中をまるまるかけて摘み、午後はずっと煮ていたのだ。

サンディはお母さんより速かった。頰を紅潮させ、目を星のように輝かせてキッチンへ飛びこむと、矢も盾もたまらずロブと抱き合った。ロブは一メートルくらいありそうな舌が届くかぎり、サンディの体中をなめまわした。

「なんてこった！　いったいどうやってうちまできたのかね？」お母さんは不思議がった。

「歩いてきたんだよ。ほら、足を見て」サンディは言った。

ロブの足は土埃がこびりついて、真っ黒になっていた。一本の足の裏には切り傷もある。

「洗ってやんないと。サンディ、お湯を持っといで。そのあいだに、消毒の用意をするから」お母さんは言った。

「お母さん、ロブのこと、どうするの？」サンディは心配そうにたずねた。

ジーン・ペンゲリーは娘の訴えるような目を見て、ため息をついた。

「もちろん、飼い主のところへ返さないと」お母さんはきっぱりと言った。「明日になったら、お父さんに住所をきいてもらって、電話するか、電報を打ちゃいい。とりあえず、水をたっぷりやって、おいしいものを食べさせてやろうかね」

ロブはおいしそうに水を飲んでエサを食べ、足も嫌がらずに洗ってもらった。それから、暖炉の敷物の上にぺたんとすわると、サンディの足の上に頭をのせて眠ってしまった。雨が降って寒い夜だったので、火を起こしてあったのだ。ロブはくたくたにくたびれていた。なにしろリバプールからコーンウォールまで歩いてきたのだ。六百五十キロは歩いたにちがいない。

翌日、ペンゲリー氏はロブの飼い主に電話した。ドッズワースさんはかっかしながらペットを連れもどすために夜行列車に乗って、次の日の朝、到着した。その日の別れは、前のときよりつらいものとなった。ロブはクンクンと哀れっぽい声で鳴き、ドンはとても家にいられずに外へ出かけてしまい、双子たちはわっと泣き出して、サンディはロブが帰ったあとに部屋へいって、キルトのベッドカバーに顔を押しつけた。全身ボロボロになった気分だった。

次の日、ジーン・ペンゲリーは子どもたちをプリマスに連れていって、サーカスを見せてやった。双子たちは少し元気を取りもどしたけれど、行きも帰りも一時間ずつ列車に乗って、馬やオットセイの曲芸を見たというのに、サンディの心は晴れなかった。

でも、落ちこむ必要はなかったのだ。十日後にロブはまたもどってきた。今回は足を引きずり、片耳が裂けて、毛も一部はげていた。六百五十キロの旅の途中で、敵とやりあうことも一度や二度はあったかのようだった。

バート・ペンゲリー氏はまたリバプールに電話をした。ドッズワースさんは電話に出ると、うんざりしたように言った。「その犬のせいで、本当なら休めない仕事をもう二日も休んでるんですよ。それに、交番にいったり、新聞に出す迷い犬の広告の文章を書いたりしたことも考えれば、どれだけの時間を無駄にしたか、わかったもんじゃない。わたしはもう、これ以上こんな騒ぎに付き合うような年齢じゃありませんしね。現実を受け入れるしかないでしょう。ペンゲリーさん、その犬がいっしょに暮らしたいのは、そちらの家族なんです。もちろん、そちらで飼っていただけるならということですが」

バート・ペンゲリーは息をのんだ。彼は金持ちではない。ロブは血統書付きの犬だ。ペンゲリー氏はおそるおそるたずねた。「おいくらぐらい、するんでしょう?」

「いやいや、まさか。売ろうなんて話じゃありませんよ。プレゼントとして、受け取ってください。わたしのほうは、列車代を節約できるわけですし。むしろいいことをしてくださったということですよ」

「やはりたくさん食べるんですかね?」ペンゲリー氏は心もとなげにたずねた。

そのころには、うしろで息を凝らして父親の言うことに耳を澄ませていた子どもたちが、会話のようすを察して、ぴょんぴょん飛び跳ねながら、お願いというように両手を合わせていた。

「いや、体のわりにはそこまで食べませんよ」ドッズワースさんは請け合った。「一日に肉を一キロちょっとに、野菜と肉汁とビスケットですかね。それで、十分です」

ペンゲリー氏は電話機越しに娘の顔を見た。目には涙があふれ、唇がわなわな震えている。ペンゲリー氏は決意を固めた。そして一気に言った。「わかりました、ドッズワースさん。お申し出を受けます。ありがとうございます。子どもたちは大喜びしますよ。ロブを大切にすると約束します。子どもたちがちゃんと面倒を見て、十分運動もさせますから。でも、ひとつだけ」と、ペンゲリー氏はきっぱりとした口調で言った。「うちで暮らすんなら、魚を食えるようになってもらわなきゃなりません」

ロブがペンゲリー一家のところで暮らすようになったのは、こういうわけだった。みんながロブを愛し、ロブもみんなのことを愛していたけれど、だれが一番かということだけは疑いようもなかった。ロブはサンディの犬だった。サンディのベッドの横で眠り、サンディのいくところはどこへでも、許されるかぎりついて回った。

こうして九年が過ぎた。毎夏、ドッズワースさんはフィッシャーマンズ岬にやってきて、かつての飼い犬のもとを訪ねた。ロブはドッズワースさんのことをわかっていて、とりすましたふうにしっぽを振ってみせたし、散歩に付き合うこともあった。けれども、リバプールに帰りたそうなそぶりはこれっぽっちも見せずに、自分のうちはペンゲリー家なのだと、態度で示していた。

九年のあいだに、サンディほどではないけれど、ロブも変わった。サンディがティーンエイジャーになるころには、ロブの足は少し遅く、体は少し硬くなり、鼻づらには白いものが混じるようになった。けれども、あいかわらず見目のいい犬だったし、彼とサンディはあいかわらず強い絆で結ばれていた。

十月になり、避暑客も帰ると、小さな漁村はがらんとして、どこか打ち解けない雰囲気が漂うようになる。その日の夕方は、風が強く雨が降っていた。子どもたちが学校から帰ってくると（双子たちでさえ、もう中学に通っていた。ドンは一人前の漁師だった）、ジーン・ペンゲリーが言った。「サンディ、レベッカおばさんがさみしいって言うんだよ。今夜はウィルおじさんがトロール網漁にいってるからね。それで、だれかうちの子に学校が終わったあと、きてもらって、いっしょに過ごしたいんだってさ。おまえ、いってくれるね？　宿題を持っていけばいい」

　サンディは、乗り気とは言えないようすでたずねた。

「ロブを連れてっていい？」

「レベッカおばさんが犬を好きじゃないことは知ってるね？」そう言ってから、お母さんはため息をついた。「まあ、仕方ない。おまえがいくなら、おばさんにもロブのことは我慢してもらわんとね」

　サンディはしぶしぶ身じたくを整えると、学校の鞄を持ち、脱いだばかりの湿ったレインコートを着て、ロブの首輪にリードをつけ、夕暮れの道を歩きはじめた。レベッカおばさんの家は、急な坂道を五分ほど登ったところにあった。

　風がうなり声をあげながら、揚げ場に引き上げた舟のロープのあいだを吹き抜けていた。

「なにか陽気な曲をかけてちょうだい、ほら」ジーン・ペンゲリーは近くにいる双子に言った。「あの憂鬱《ゆううつ》な音をかき消してくれるもんならなんでもいいよ、お父さんの夕食を作ってるあいだにね」そこへ、ちょうど帰ってきたドンが、ロックミュージックを大音量でかけた。そのせいで、一家には、その数分後に坂を猛スピードでくだってきたトラックが郵便局の壁に突っこんだ音が聞こえなかったのだ。

お医者さんのトラヴァース先生は、奥さんとコーンウォールをドライブしていた。冬風邪とインフルエンザの患者が訪れるようになる前に、遅い休暇を楽しんでいたのだ。〈ここから二・五キロ低速ギア走行　自転車危険〉という標識が目に入ったので、先生は律儀《りちぎ》にギアを二速に切り替えた。

「そろそろつくわね」奥さんは窓の外を眺めながら言った。「さっき海岸沿いの道路で、フィッシャーマンズ岬まであと三キロっていう標識を見たわ。それにしても狭くて危ない道ね！　このあたりの家はみんな、とてもきれいだけれど。あ、フランク！　止まって！　止まってちょうだい！　子どもがいる。子どもだと思う。あそこの壁のところよ！」

トラヴァース先生は勢いよくブレーキを踏んだ。道路わきの浅い排水溝を水がザアザアと流れて、小さな川のようになっている。その水に半分つかるように、なにかが倒れていた。薄闇の中では、洋服が折り重なっているように見える。ううん、やはりあれは子ども？　トラヴァース夫人はあわてて車から降りようとしたが、夫のほうが速かった。

「エミリー、触るな！」トラヴァース先生は鋭い声で言った。「車にはねられたんだ。まだ二、三分しか経っていないだろう。さっき、七、八百メートルほど手前でトラックに追い越されただろう？　ものすごいスピードを出していたやつだ。さあ、急いであそこの家へいって、救急車を呼んでくれ。この子はかなり重傷だ。わたしはここで、できるだけ出血を止めるようやってみる。さあ、早く」

お医者さんというものは、危険な出血を止めることにかけてはプロで、どこを圧迫すればいいか、ちゃんと知っている。トラヴァース先生も血を止める処置をしたが、敢えてそれ以上はなにもしなかった。女の子は妙にねじれたかっこうで倒れている。おそらく骨が何本か折れているにちがいない。動かすのは危険だ。先生は一心に女の子を見つめながら、あのトラックはどこへいったのだろうと考えていた。ほかにもなにか、しでかしただろうか。

トラヴァース夫人の行動は早かった。これまでいくつもの事故を見てきたから、スピードが勝負だと知っていたのだ。最初に扉をたたいた家に、電話があった。四分で夫人は夫のところへもどり、六分後には救急車がサイレンを鳴らしながら坂をくだってきた。

救急隊員は、女の子のことをアザミの冠毛でできているかのようにそっと持ちあげ、ストレッチャーに寝かせた。救急車はプリマスへ向けて出発した。地元の診療所では、大事故の患者を診ることはできないのだ。トラヴァース先生は交番へいって、自分のしたことを報告した。

警察はすでにスピード違反のトラックのことは把握していた。ブレーキの故障で、正面のラジエーターが郵便局の壁に半分めりこむ形で止まっているのが発見されていた。運転手は脳震盪《のうしんとう》を起こし、ショック状態だった。警察は、けが人はこの運転手だけだと思っていたのだが、トラヴァース先生の報告で、初めてそうでないとわかったのだ。

その夜の九時半、レベッカ・ホスキンズおばさんは暖炉の前にすわり、自分の受けた不当な仕打ちについて考えていた。礼儀知らずの姪たちときたら、夕食に呼んでやったのに、きやしない。そのとき、近所の人がいきなり飛びこんできたので、おばさんは仰天した。「ホスキンズさん、サンディ・ペンゲリーのことは聞いたかい？　おそろしいこった。かわいそうに。命が助かるかどうかはわからないらしいよ。警察は、犯人のトラック運転手を捕まえたがね。ああ、まったく許されることじゃないよ、あんなところを時速何十キロも出して走るなんてさ。一生、刑務所に閉じこめるべきだよ。まあ、そんなことをしたところで、かわいそうなバートとジーンには慰めにもなりゃしないけどね」

レベッカおばさんは真っ青になってコートをはおり、弟の家へ向かった。中に入ると、一家がショックで蒼白な顔をして出迎えた。バートとジーンはサンディが入院した病院へ向かおうとしているところで、双子たちは泣きじゃくっている。ロブの姿はなかったが、レベッカおばさんは犬には関心がなかったので、いちいちたずねなかった。

「ベック姉さん、きてくれてありがとう。今夜、ドンと双子たちといてやってくれないか？　ドンはロブを探しにいってる。おれたちはいつ帰ってこられるかわからない。プリマスにいるお義母さんのところに泊まるかもしれない」

「ああ、あたしがあの子のことを呼んだりしなければ」レベッカおばさんは嘆いた。でも、バートとジーンの耳にはもはやなにも入らなかった。

その夜は永遠に続くように思えた。双子たちは泣き疲れて眠ってしまった。ドンはかなり遅くなってから、暗い顔をして帰ってきた。バートとジーンは西部地域病院の待合室にすわっていたが、サンディは意識を失ったままだと説明された。できることはすべてやった。失血した分は輸血し、骨が折れたところは処置して、吊り包帯や受け台で支えている。

「お嬢さんは健康でしたか？　体格はどうです？」救急のお医者さんはきいた。

「ええ、先生、あの子は健康です」バートはかすれた声で言った。ジーンはのどに塊がこみあげて、答えられなかったので、黙ってうなずいた。

「なら、命はとりとめるかもしれません。しかし、正直に申し上げて、大変危険な状態です。昏《こん》睡《すい》状態から覚めないかぎり、難しいでしょう」

一時間、また一時間と過ぎていったが、サンディはいっこうに意識を取りもどすようすはなかった。両親はやつれた顔で待合室にすわっていた。交替で家へ電話をかけにいき、病院からそんなに遠くないピアスおばあちゃんの家へいって、仮眠をとった。

次の日の昼に、トラヴァース先生と奥さんはペンゲリー家までいってサンディの容態をたずねたが、返ってきた答えはかんばしくなかった。「まだ危篤《きとく》状態です」双子はひどくつらそうに言った。姉のことをいばっているとと文句を言っていたことなど頭から消え去り、思い出すのは、おこづかいを分けてくれたり、本を読み聞かせてくれたり、ピクニックに連れていってくれたり、宿題を手伝ってくれたりしたことばかりだった。サンディがいなくなり、お母さんとお父さんも留守で、ドンは灰色の顔になんの表情も浮かべずにただうろうろしている。しかも、ロブもいない。

西部地域病院は大きな病院で、十数の診療科に分かれ、建物も五棟か六棟あって、それぞれに三つか四つ入り口がついていた。午後になるころには、病院の外に一匹の犬が陣取っていることに、みんなが気づいていた。犬はどうにかして中に入ろうとして、根気よくひとつ目の入り口を試し、二つ目を試し、という具合にぜんぶ回り、終わるとまた始めから回る。たまに、患者のあとについて少しだけ中に入るのだけれど、動物はもちろん入れないので、やさしく、でもきっぱりとまた外へ連れ出された。正面入り口の警備員さんは時折なでたり、サンドイッチの端っこをやろうとしたりした――犬は濡れそぼり、必死でなにか訴えるような表情を浮かべていた。でも、サンドイッチは食べようとはしなかった。飼い主がいるようすもなく、どこからきたのか、知っている者もいない。プリマスは大きな都会だから、だれの犬でもおかしくなかった。

お茶の時間に、土砂降りの雨の中、ピアスおばあちゃんは熱い紅茶にブランデーを垂らしたものを娘夫婦に持っていった。正面入り口までいくと、ちょうど警備員さんが、おろおろしたようすの濡れそぼった大きなシェパード犬をそっと、しかし頑として外へ出そうとしているところだった。

「だめだよ、きみは入れないんだ。病院は人間用で、犬用じゃないからね」

「おやまあ！」ピアスおばあちゃんは声をあげた。「ロブじゃないの！　ほら、ロブ、ロブや！」

ロブはクンクン鳴きながら走ってきた。ピアスおばあちゃんは入り口まで歩いていった。

「申し訳ございません。犬は入れないんです」警備員さんは言った。

ピアスおばあちゃんは、こうと決めたら引き下がらないひとだった。おばあちゃんは、警備員さんの目をまっすぐ見て、言った。

「いいかい、ごらん。この犬はあたしの孫に会うために、セントキランから三十キロの道のりを歩いてきたんだよ。いったいどうして孫がここにいるのがわかったのかは知らないがね、わかってるのはまちがいない。だから、この犬には権利があるんだよ！　孫に会う権利がね！」おばあちゃんはすごんで続けた。「いいかい、この犬はかつてイングランドを縦断したんだ。一回もね。うちの孫のところにくるためだよ。なのに、おまえさんのところのくだらない規則だかルールだかで締め出せると思ってるのかい？」

「医局にきいてきます」警備員さんはたじたじとなって言った。

「そうするんだね」ピアスおばあちゃんは一歩も引かないようすで腰を下ろすと、傘を閉じた。

ロブはその足元に、水をぽたぽたと滴らせながらじっとすわっていた。時折、首のまわりに巻かれた重いものを外そうとするような具合にブルブルッと頭を振った。

ほどなく、痩せた賢そうな白衣の男の人がくたびれたようすで階段をおりてきた。黒いスーツを着た立派な白髪の男の人もやってきて、二人でぼそぼそと話している。ピアスおばあちゃんは二人のようすをじろじろと見ながら、じっと待った。

「正直なところ……たいした問題にはならんだろう」年上のほうの男の人が言った。すると、白衣の男の人がおばあちゃんのほうに近づいてきた。

「厳密に言えば、あらゆる規則に反していますが、今回はお孫さんが重体でいらっしゃいますし、例外としましょう」男の人は小声で言った。「しかし、病室のドアの外までですよ。一、二分だけです」

ピアスおばあちゃんはひと言も言わずドシドシと階段をあがっていった。ロブはおばあちゃんのスカートにぴったりとくっつくようについていきた。唯一の希望はおばあちゃんだとわかっているみたいだった。

ピアスおばあちゃんとロブは、サンディの病室の外までいくと、緑の床の廊下で待った。ドアは半分ほど閉じていた。バートとジーンが中にいる。すべてがおそろしく静まり返っていた。看護師が出てきた。白衣の男の人がなにかをたずねると、首を振って、ドアを少し開けたまま去っていった。その隙間から、今度は狭くて高いベッドがはっきりと見えた。まわりにいろいろな機器が置いてある。サンディはベッドに横たわっていた。ふとんの下はほとんどぺしゃんこで、ピクリとも動かない。顔は反対側に向けられていた。ロブは全神経をベッドに集中させている。そちらへいこうというように引っぱったが、おばあちゃんは首輪をしっかりとつかんだ。

「ここまでやってやったからね。あとはおとなしくしてるんだよ」おばあちゃんは険しい顔でささやいた。ロブはいてもたってもいられないようすで、懇願するようにかすかな鳴き声を漏らした。

そのとたん、サンディがかすかに動いた。そして、ため息を漏らすと、頭をほんのわずかだけこちらに向けた。ロブは再びクーンと鳴いた。すると、サンディはくるりとこちらを向いた。目がパチッと開き、ドアのほうを見つめた。

「ロブ?」サンディはつぶやいた。ようやく聞こえるような小さな声だった。「ロブ?　ロブなの?」

ピアスおばあちゃんの横にいたお医者さんがはっと息を吸いこんだ。サンディは左の腕を（折れてないほうの腕だ）ふとんの下から出すと、床のほうへ垂らして、あたりを探った。毎朝、ロブのふかふかの頭を探すときのしぐさだ。お医者さんはゆっくりとうなずいた。

「よろしい。犬を枕元へ。ただし、押さえておいてください」

ピアスおばあちゃんとロブはベッドまでいった。ベッドの反対側に立っていたバートとジーンの顔がさっと蒼白になった。でも、おばあちゃんは娘夫婦の顔は見ていなかった。孫が笑みを浮かべて、ロブの濡れた耳を探り当て、そうっと引っぱるのを見ていたのだ。「いい子ね」サンディはささやき、またコトンと眠ってしまった。

ピアスおばあちゃんはロブを連れて、廊下に出た。おばあちゃんが手を離すと、ロブはぱっと走り出して、階段を下りていった。あとについていこうとしたが、そこへバートとジーンが出てきたので、猛烈な勢いでまくしたてた。

「どうしてそう間抜けなんだい？　もっと早く犬を連れてきてやりゃよかったんだよ！　犬のほうからやってくるのをただ待ってるなんて――」

「でも、お母さん！」ジーン・ペンゲリーが言った。「あれはロブのはずがないの。こんな奇跡が起こるなんて。サンディがもし――」ジーンは言葉に詰まり、ハンカチを口に押し当てた。

「ロブじゃない？　あの犬のことなら、九年前から知ってるんだよ！　自分の孫の犬くらい、わかってるさ！」

「お義母さん、きいてください」バートが言った。「ロブは、サンディをはねたトラックに轢《ひ》かれて死んだんです。ドンが遺骸を見つけました。サンディの学校の鞄を探しにいったときに。ロブは――ロブは死んだんです。肋骨が砕けて。まちがいありません。ドンが電話で知らせてきたんです。ドンとウィル・ホスキンズで半キロほど沖合まで舟を出して、首輪にコンクリートの塊をつけて、海に沈めてやったそうです。かわいそうに。とはいえ、あいつも年をとっていましたからね。いつまでも生きることはできないし」

「海に沈めただって？　じゃあ、さっきの犬は――」

ピアスおばあちゃんはゆっくりと振り返った。ジーンとバートもいっしょに振り返って、点々と階段に残っている濡れた足跡を見つめた。

ペンゲリー家の庭のシュロの木の下には、石が置いてある。その石にはこう記してある。〈ロブ。サンディの犬。海に眠る〉と。

携帯用エレファント

A Portable Elephant

「森へいきたいのか？　なら、パスポートがいる」短機関銃を持っている男が言った。男のすわっている横には、錆《さ》びた鉄条網が幾重にもからみあい、森へ入る道をふさいでいた。

「森に入るのにパスポート？　パスポートなんてどこでもらえるんです？」

マイルズ・ポッツは情けない顔で警備兵を見つめた。マイルズは痩せてやつれたようすをした、常に東風にさらされているように見える男だった。色味のない髪はトサカのように逆立ち、顔は青白く、大きな黒縁のメガネをかけている。不安になったりうろたえたりすると片足で立つ癖があって、ただでさえ鳥に似ているのがますますそっくりになるけれど、しょっちゅうそのポーズをとった。かつては教師をしていたが、あれこれ手に負えなくなって、今はもう別の仕事をしていた。

「パスポート課は森との境界沿いの道路を五十キロほどいったところにある。でかい白黒の標識が出てるから、すぐにわかるさ」警備兵はうんざりしたように言った。

マイルズは乗ってきたスクーターにまたまたがると、森と接して延々と続いているみすぼらしい村をのろのろと抜けていった。紙やひもや卵の容器やせっけんの入っていた木箱や漂白剤のボトルなど、なんでも雨風をしのげそうなものをくっつけて造った小屋が立ち並んでいる。土埃のたつ地面には、あちこちにゴミや役に立たない言葉が散らばっていた。「みたいな」「っていうか」「っぽい」「バカでかい」「快楽」「超音速」「お買い得」「安い」「挑発」「平和を愛する」といった言葉たちがしわくちゃになり、色あせ、噛みくだかれて、そこいらじゅうに捨てられているのだ。最初は避けながら走っていたが、じきに、そんなことをしても無駄だと気づいた。むしろ、避けるほうが危ない。そこいらじゅうに人がいて、男も女も、子どもたちまで、薄汚い小屋のまわりをうろついている。みな一様に銃を持った警備兵と同じ、うんざりした表情を浮かべていた。そうした人たちにぶつからないようにするので精いっぱいで、地面に散らばっているゴミのことまで、とても気が回らなかった。

スクーターで走りながら、右手に広がる森を意識せずにはいられなかった。みすぼらしい家が並んでいるところから百歩も離れていないが、中に入ることはできない。錆びた鉄条網で隔てられ、乗り越えることは不可能だ。鉄条網には電気が通っているという者もいたが、そんな必要がないことは、一目見ればわかった。たとえミミズだって、どんなに素早くくぐりぬけようとしたところで、たちまち銃を片手に監視塔にすわっている警備兵に見つかってしまうだろう。監視塔は、十五メートルおきに設けられていた。

警備兵たちのうしろには、森が、緑と金の壁のようにそびえていた。木々は巨大で、十二階建ての建物よりもなお高い。つる性の植物がからみあって帳《とばり》のように垂れ、実際の木々の形はもはやわからない。そのため、こちらから見る森はまさに、鮮やかで複雑な模様を織りなす分厚いタペストリーのかかった壁のようだった。鳥たちだけは自由に行き来している。鳥たちが好きに森に入るのを止められる者はいないのだ。てっぺんからは何本か枝が突き出していて、風に吹かれてたおやかに揺れている。下のほうにはあちこちに小さな隙間があり、地面近くの草の葉や茎は、散らばった言葉と同じで土埃にまみれ、排気ガスのせいで汚れて油のようなものがこびりつき、干からびていた。だが、ああ、あの空へ向かって伸びている枝を見よ！　青空に映える緑のなんと美しいことか！

時折、マイルズはスクーターを止めて、水筒の生ぬるくなったまずい水を飲んだ。そんなとき、葉の合間から森が見えることがある。みっしりと生い茂った緑が重なり合いひしめき合い、覆《おお》いかぶさるように幾層にもなって横へ、下へ、あらゆる方向へと伸びている。そのさまはまるでクッションの中にぎゅうぎゅうに詰められた羽毛のようだった。こちらはこんなに貧しいのに、あちらの豊かさときたら！　森の端に生えた下草の向こうに、目を瞠《みは》るような木々が、信じられないほどすばらしい木々が、垣間見える。赤、黄、黄褐色、紫、青緑色の、見事な葉。あんな木々があるなんて、夢の中ですら、想像したこともなかった。ひとたびあの森に足を踏み入れれば、二度と出たくなくなるという。でも、もちろん、入り口で必ずもどるとおごそかな誓いを立て、パスポートを見せた上で、パスポートか保証金を預けなければならない。そうでないと、中には入れてもらえないのだ。

ようやくマイルズはパスポート課にたどり着いた。トタン板のそまつな小屋に、文字の消えかかった大きな看板が掲げられている。その前に百メートルはある列ができているのを見て、マイルズはがっくりした。みな、辛抱《しんぼう》強く待っている。ブレーキを踏んでスクーターからおりると、鉄の鎖で街灯につなぎ、マイルズは列の一番うしろに並んだ。列はのろのろと半時間に一メートルくらいの速さで進んだ。

「この分じゃ、丸一日かかっちまいますね！」マイルズは前に並んでいる女の人にぐちを言った。

「二十四時間待つのはふつうらしいですよ」女の人はにべもなく言った。

「二十四時間！」

それを聞いて、ボロを着た痩せた少年たちや、胡散臭《うさんくさ》いくたびれたようすの男たちが列の横をぶらぶらしている理由がわかった。彼らは、生焼けのパイやおそろしく固そうなポテトチップスを売っていた。「ちょっとばかし眠っているあいだ、代わりに並んでやるぜ」などと言ってくる少年もいた。

「森にいく予定なんですか？」マイルズは前の女の人にたずねた。

「あたりまえでしょう。なんでここに並んでると思ってるんです？　あたしは、そのへんの人たちより発行してもらえる可能性が高いんです。教区会から証明書ももらってますしね。あたしたちは、市長の退任のお祝いに〈言の葉の輪〉を作ってさしあげるつもりなんですよ。その理由だけでも、パスポートが発行されるのに十分ですからね。申請を却下されるのは、一語か二語ほしいだけって人なんですから。忘れていたものを取り返したいとか、穴をふさぎたいとか。そういう輩《やから》が二分に一人の割合で追い返されてますよ」そして、女の人はじろりとマイルズを見た。「あなたはなにが目的なんです？」

「ぼくはフリーランスで働いているんです。ノーベル賞受賞者をお迎えするのに、言の葉のじゅうたんを用意する仕事を請け負ったんですよ」

「あら、それなら大丈夫ね」女の人は面白くなさそうな口調で言った。「ややこしいことにはならないはずですよ。そんな仕事があるなんて、幸運だわね。フリーランスは長いの？」

「そうでもありません」こっちのことは放っておいてほしいと思いながら、マイルズは答えた。まわりの人がじろじろこちらを見ていて、悪目立ちしている気がしてしょうがない。

「その前はなにをしてらしたの？」

「学校で教えてました」

「子ども好きなの？」女の人は疑わしそうに言った。

「まさか、あいつらには我慢なりませんよ！」マイルズはそうどなりたかった。小さなモンスターどもにさんざんからかわれ、悩まされた日々がよみがえってきたのだ。聞こえないふり、しゃべれないふり、頭の上に水の入ったビニール袋を落とす、試験管を吹き矢にして粒チョコレートをぶつける、黒板に悪口を書く。最後には、これ以上一日だって耐えられないと思うところまでマイルズは追い詰められた。「ズルいマツっぽ！」子どもたちはマイルズに向かってさけんだ。

「あべこべのズルいマ！」どうしてそう呼ばれるのか最後までさっぱりわからなかった。特にひどいのが、ＨＰソースと呼ばれていた女の子だった（ＨＰソースはイギリスで広く使われているブラウンソース）。あの子にはだれよりもひどくやられた。太っていて、肌はピンク色、ぎょろ目で、黒いぼさぼさの髪、こっちをばかにしたようなあの顔……

　ちょうどそのとき、運よく列が前に進み、女の人は前に向き直って、割りこみしようとした男をぐいと押しのけた。そして、振り返ると、声を低くして言った。「気をつけないとね。連中は臆面もなく割りこもうとするんだから」それからしばらくして、女の人はまた話しかけてきた。

「連れはいるのよね？」少なくともそんなことを言ったように聞こえたけれど、マイルズはポケットに入れていたシェイクスピアの文庫本を取り出して、熱心に読んでいるふりをしていたので、答えずにすんだ。

夜になったころには、列の先頭近くまできていた。ところが、ついに自分の番というときに、カウンターにトタン板のシャッターが下ろされ、「午前八時受付開始」という案内板が掲げられた。

「なんだよ、まったく」マイルズのうしろの男が言った。「交替制で二十四時間対応にすりゃいいじゃないか。なあ？　おれたちが道端で立ったまま眠るのはいいが、自分たちは無理だってか？　信じられねえ」

翌朝、八時になったころには、マイルズはくたびれ果て、体中が痛くて、関節という関節がこわばり、しかも、お腹が空いてどうにかなりそうだった。

眠気と闘いながら、役人の鋭い質問に答えた。年齢は？　二十三歳です。仕事は？　フリーランスのライターです。以前は教師でした。委任状は？　マイルズは証明書を見せた。××市〇月〇日、ドクトル教授の足元に敷く言の葉のじゅうたんを製作するため、上限四週間の森への立ち入りを許可すると記されている。

「ふむ、よし、問題はなさそうだな」役人は言って、硬い赤茶色の紙を二つに折ったパスポートを発行してくれた。アイスクリームについているウエハースくらいの大きさで、透かしが入り、彼の名前と日付がスタンプされていた。「連れはいるな？」

「連れ？　連れってなんです？」

たしかあの女の人も言っていた。マイルズは不安になった。

「動物を連れていなければ、森には入れん。検問所で提示しなきゃならんのだ。でないと、パスポートを没収されるぞ」

「どんな動物でもいいんですか？」

「携帯可能じゃなきゃならん。わかるだろ？　持ち運びできるやつだ。二トンもあるハイイログマや二十メートルの大蛇を連れていったってしょうがないだろう」役人はぴしゃりと言った。

「そんなことも知らんとは、これまでなにやってたんだ？　次！」

マイルズはわきに押しやられた。心もとない気持ちで小さな赤茶色のパスポートを見つめ、それから、慎重に胸ポケットの中にしまいこんだ。危なっかしい。こんなに小さいと、盗まれたり、ついうっかり失くしたりしてしまいそうだ。実際、パイを売っている子たちは、磁気を使った防犯用パスポートケースも高い値段で売っていた。

そのうちの一人に、どこで動物を手に入れられるかきいてみた。

「動物を？　うそだろ？　みんな、動物を手に入れるために何百キロも旅してんだ。このへんじゃ、手に入らないよ。ネズミだって飛ぶように売れちまうんだから」

そう言われてみると、森の入り口に長い列を作っている人たちは一人残らず、ペット用の檻か鳥かごを抱えているか、革ひもにつないだ動物を連れていた。犬、猫、フェレット、ウサギ、カメ。羽がぼろぼろになったオウムや痩せこけたコカトゥーを手首や肩に止まらせている人もいる。ボタンをかけた上着の中で、見えないなにかがもぞもぞしている人もいた。

「どうして森に入るのに動物がいるんだ？」マイルズはまた別の少年にたずねたが、相手は肩をすくめただけだった。

「おれにきかないでくれよ。おれはお上じゃねえんだ。ルールを作ってんのはおれじゃない」

「このへんにペットショップはあるかい？」

「前はアルミホイル町に一軒あったよ。境界沿いに二十五キロくらい歩いたところだ。まだあるかもしれないよ」

マイルズはがっくりと肩を落としてスクーターの鎖を外し、また走り出した。道々、動物のことについてたずねてみたが、相場で猫は五百ポンド、犬は千ポンドほどらしい。ハツカネズミにいたっては、もっと高価だという。ポケットに入れて運べるからだ。毒蛇は、毒のない蛇に比べてわずかに安かったが、どちらにしろ、両方とも売り切れだった。カエルやヒキガエルなどはなかなか手に入らないし、サソリや猛毒のクロゴケグモ、ドクトカゲなどは一四三、四百ポンドで取引されていた。

「サソリ？」

「三十グラム以上なら、動物として認められるんだよ。チョウは無理ってこと」

「サソリならいるのか？」マイルズは身構えつつたずねた。情報を教えてくれたのは、革みたいにかたいレバーソーセージのサンドイッチを彼に売った男だったが、マイルズの質問にこう答えた。「いんや。サソリなんてもう二年は見てないね」

動物を盗んだ者には厳しい罰が科された。懲役刑と、パスポートの永久剥奪だ。それでも、盗みは横行しているらしい。

ペットショップにたどり着くと、またもやがっかりするはめになった。パスポート課と同じ、トタン板の掘っ立て小屋で、あるのは、水槽に入った金魚と、なにが生まれるかわからない繭《まゆ》、極小のサソリだけだった。マイルズはすでに、魚はだめだというのは知っていた。魚では森に入ることはできないのだ。

「これでぜんぶですか？」マイルズはすがりつくような思いでたずねた。

「悪いな、親友。実を言うと、もうこの店は閉めようと思ってんだ」

「どこでも、なんでもいいから、動物の情報はありませんか？」

「携帯用エレファントの広告を見たとかいう話を聞いたがね。プラスチック村のほうだよ。そこへいってきいてみたらどうだい？　じゃなきゃ、通販で取り寄せるとか。ええと、どこかに住所を書いておいたはずだ」

「通販でゾウなんて買う気はない！　だいたいどうしてゾウが携帯できるんです？」

「小型種とかじゃねえか？」店主は言った。「赤ん坊とか」

「プラスチック村というのはどこにあるんです？」

「このまま西へいけばいい。すぐにわかるよ。でかいプラスチックの塔が建ってるからね。レモネードのボトルでできてるんだ」

マイルズは西へ進み、プラスチック村までやってきた。これまで通ってきた村とたいして変わらないが、たしかにレモネードのボトルの塔が建っている。塔の下は、でこぼこした土の広場になっていて、チョコレートの包装紙や踏みつけられた言葉が散らばっていた。掲示板があったので、見ると、何枚かぼろぼろになったカードが貼られていた。「スクーター特価　割引あり」「猫を求む。いくらでも払います」「山刀《マチェーテ》と毒矢あります」。その中の一枚に、こうあった。「携帯用エレファント。千ポンド」そして、〈木の葉通り〉の住所が記してあった。

〈木の葉通り〉の標識なら、すでに見ていた。森のほうへ向かう荒れ果てた通りだ。引き返すと、すぐにその標識は見つかった。〈木の葉通り〉十番地には、圧縮したシリアルの箱を束ねたもので造った掘っ立て小屋があった。こんなあばら家でゾウが飼えるはずがあるか？　でも、うしろに小屋よりも大きい物置がある。飛行機の格納庫みたいだ。きっとゾウはあそこにいるんだろう。

マイルズがノックすると、しわくちゃの老人がドアを開けた。「ムーアさんでいらっしゃいますか？　わたしはマイルズ・ポッツと申します。ゾウの広告を見て、きたんですが」

「ノエルか？　ノエルがほしいのか？」

「ノエルというのは、ゾウの名前ですか？」

「あたりまえだろう。あいつがラクダだと思ってたのか？　ノエルはいい子だ。いいゾウなんだ。なんの悪さもしないし、性質《たち》がいい。千ポンド、持っとるな？」

「群議会のクレジットカードを持ってます。千ポンドまで経費で使えます」

マイルズがカードを見せ、サインすると、ムーア氏は何度も何度もたしかめてから、ようやく満足げに言った。

「いいだろう。じゃあ、やつと対面するか？　ノエルのゾウ舎は裏にあるんだ」

ムーア氏はマイルズを連れて、そまつな小屋の横を回り、かんぬきの横木を外すと、バスの車体のへこんだ金属板でできた大きなドアを開いた。

大きなドーム状の波板トタンの建物の中は、真っ暗だった。入ると、強いにおいがぷうんと鼻をついた。埃とカビのにおいだが、どこか甘ったるい。これまで嗅いだことのないにおいだ。

「ほら、あそこだ」ムーア氏は愛おしげに言った。「ノエルは人懐っこいやつなんだ、本当さ。ほら、低い甘え声を出してるだろ？　ポケットにバナナは持ってないか？」

持っていなかった。

「どこかにガムドロップがあったと思うんですが」マイルズは言って、ごそごそと探した。

そうこうしているうちに目が闇に慣れてきた。それと同時に、信じられないような衝撃が襲った。そびえるような巨体が彼を見下ろしていた。

「これが携帯用エレファント？　言いましたよね。というか、広告に書いてあった。携帯用だと。こいつは、持って歩くことなんかできないじゃないか！」マイルズはかっとなってどなった。

「こんなのは携帯用じゃない。ふつうの大きさのゾウだ！」

「携帯の方法についちゃ、書いてなかったろう？」ムーア氏は噛んで含めるような口調で言った。「だれだってノエルを運べるさ、クレーンがあればな。でかい船でもいい。トラックでもそこそこの大きさならいけるし、ジャンボジェットなら、余裕だ。もちろん携帯用だよ。相対的な問題さ」

「あんなものを森へ持っていけるか！　金を返せ」

「いや、断る」ムーア氏の答えはあっさり、はっきり、きっぱりしていた。「契約は契約だ。あんたは信用に基づいてノエルを買ったんだから、今やこいつはあんたのものだ。おれは言い争いとか不愉快な話は大嫌いだし、するつもりもない。だが、おまけでノエルのエサの残っている分と、この土地もつけてやろう。おれはペーパー村へ引っ越すつもりなんでね。あそこには、〈良質な家〉があるらしい。だから、あんたはノエルとここに住んでかまわんよ。お湯で洗ってやりゃ、縮むかもしれん。エサは一日二回、あのまぐさ桶に入れてやるんだ。飲み水はたっぷりな。

やつときたら、年がら年中のどがかわいてるからな。なあ、そうだろ、ノエル？」

そう言うと、ムーア氏はマイルズの背中をぴしゃりとたたき、ノエルの鼻をトントンとさすってから、物陰から引っぱり出してきた原動機付き自転車に飛び乗り、土埃の立つ道をあっという間に走り去った。あんな腰の曲がったしわくちゃの老人にしては、驚くべきスピードだった。

マイルズ・ポッツは新しい所有物と共に残された。

ところが、そのときムーア氏が再び姿を現した。角を曲がってぐるりと一周してきたらしい。「ジンを飲ませてみるといいかもしれん。減るらしいぞ！」大声でそう言うと、今度こそ永遠に去っていった。

ゾウのノエルは戦艦のような灰色をしており、毛深くて、土埃にまみれていた。大きな耳は型崩れしたカーテンみたいに垂れ、小さな目はキラキラ輝いている。短い牙は、あとでよく見ると直角に生えていて、バレリーナの足のようで、そのためかどこかのんきそうに見えた。

「こんな荒れ果てた土地のどこでお湯なんて手に入れりゃいいんだ？」マイルズは頭にきてムーア氏の背中に向かってどなったが、老人はとっくに声の届かないところへいっていた。

「水なら、ポリエチレン広場とメラニン小路の角のガソリンスタンドで買えるよ」女の子が答えた。ムーア氏と話しているときに、自転車で通りかかって興味を惹かれ、自転車から降りて、聞き耳を立てていたらしい。

「だとしても、どうやって湯を沸かすんだ？」マイルズは力なく言った。

「火を起こすのよ、もちろん」

「なにを使って？　枝を拾おうにも森に入れないいんだぞ」このいまいましい娘がさっさとどこかへいけばいいのに、とマイルズは思った。ぐずぐずとどまって、役に立たない提案ばかりしやがって。

「ゴミがいくらでもあるじゃない」女の子はじれったそうに言って、自転車の車輪に踏まれて粉粉になった言葉を蹴とばした。

「それを燃やすって？」

「問題ある？　だれの役にも立ちゃしないもの。これから先もね」

言葉を燃やすなんて、マイルズには真珠《しんじゅ》かルビーを燃やすのと同じことに思えた。嫌悪の気持ちが沸きあがり、娘をまじまじと見た。痩せていて、背中まである黒い髪はくしゃくしゃにもつれ、服は色あせ、靴下は穴だらけだ。なんとなくどこかで見たことがあるような気がした。

自分ではなにも思いつかなかったので、マイルズはしぶしぶ娘の助言に従うことにして、保養所の外にあるガソリンスタンドでバケツ一杯の水を一ペンスで買った。保養所はボール紙でできていて、そこで、包帯や虫よけも買った。それから、言葉をかき集めた。「きらめく」「トップス」「あばた」「すてき」「最高」「最悪」「マジック」「謎」「ホロコースト」「風雲児」「手放せない極上」。そして、火をつけた。言葉は景気よく燃えあがり、お湯を沸かすことができたので、くしゃくしゃになった言葉でノエルの体をこすって洗った。自転車の娘も、別にいいの、トカゲの赤ん坊があと数グラム重くなるまではなにもやることがないから、と言って手伝ってくれた。

ノエルがお湯のおふろを心から楽しんでいることは、まちがいなかった。マイルズすら、ノエルの喜んでいるようすに心を動かされたほどだ。こうして、おふろは日課になった。湯気のあがっているバケツが運ばれてくると、ノエルは立ち上がって、うっとりとしたようすで鳴き声をあげる。テューバとトロンボーンとボンバルドンとフリューゲルホルンのファンファーレみたいな声だ。そして、バケツが地面に置かれると、ノエルは器用に鼻でお湯を吸い、勢いよく体にかけた。そのあいだ、マイルズと痩せっぽちの娘（名前はナンナ・カイブンといった）は、やわらかくて新鮮で、心をわしづかみにするような、人をくすぐるような、昔ながらの言葉でノエルをゴシゴシこすってやる。それが終わると、ノエルはひざまずき、残ったお湯をバケツごとかけてもらって、耳やしっぽや足の爪をゆすぐのだった。

すぐに、ノエルは森に接している村々の中でいちばん清潔なゾウとなった。灰色の皮膚は、海岸の磨かれた小石のように輝き、熟れたトマトのような清潔で健康的なにおいがした。まったくもって、ゾウとしてこれ以上ないというくらい、すばらしく健康で幸せなゾウだった。

毎日のおふろは、森に入る許可を待って退屈しきっている人たちのあいだで人気の行事となった。ナンナは、見物料として二ペンスずつもらうことを思いついた。彼女はマイルズを説得して階段状の観客席をぐるりと円形に作らせ、見物人がすわれるようにして、二ペンスを払っていない人には中が見えないようにした。座席は、コーラの缶をつぶしたものをガムでくっつけて造った。すわり心地がいいとは言えないけど、耐久性は申し分ない。その入場料で、ムーア氏の倉庫にあったぶんがなくなったあとも、エサを買えるようになった。

すべてがとてもうまくいっていたが、ひとつだけ、問題があった。いくら洗っても、ノエルは縮まなかったのだ。それどころか、むしろ大きくなっていった。毎日のおふろのおかげで、食欲が増したようだ。人々はノエルにドーナツやら綿菓子やらポテトチップスなどいろいろなお菓子を持ってきたが、マイルズはノエルの食べるものについてはやたら厳しく、ほとんどのものは食べさせなかった。

一方で、マイルズ自身はもともと、夏になると必ずカタル（咽喉や鼻の粘膜の炎症）と花粉症に苦しめられていたが、それがひどく悪化してしまった。村に舞う土埃のせいだ。一分に十一回クシャミが出てまともに息ができず、しょっちゅう洟《はな》をかむせいで鼻はラディッシュみたいに真っ赤になった。「気の毒に、ズルいマさん、花粉症にはミントティーが効くんだって」ナンナはゴミのあいだから伸びている野生のミントをどっさりと摘んできて、乾燥させて刻み、ミントティーを作ってくれた。たしかに、少しは効いた。ノエルまですっかり気に入ってしまい、マイルズが飲むときにいつもいっしょに、カップ一杯分のミントティーを飲んだ。

こういう生活も悪くないわね。ナンナは穏やかな気持ちでよくそんなふうに考えた。つぶしたアイスクリームの容器で造ったスツールにすわり、自分のために淹《い》れたミントティーをすする。最近では趣味もできて、地面に散らばっている言葉を集めてベルトやネクタイを作っていた。「言いたいことわかるでしょ」とか「本当にすてきな人ね」とか「ご家族みんなで楽しめます」とか「省力化用機器」とか、そんな言葉たちだ。もっと短い言葉でアクセサリーを作ることもあった。「新聞紙」「八百屋」「南」「子ねこ」といった言葉を磨いて、使うのだ。「シナモンパンも／レモンパンも／なし」といった言葉をつなげて輪にし、ペンダントを作ることもあった。

ナンナの作るものは、マイルズにはぴんとこなかったけれど、彼女がよかれと思ってやっているのはわかったし、ミントティーは悪くなかった。

「でも、ぜんぜんだめよ。ルエノはちっとも縮まないもの」ナンナはなぜかノエルにそんなあだ名をつけて呼んでいたけれど、マイルズにはさっぱり理由はわからなかった。

「こっちが縮んじまってるよ」マイルズはぶつぶつ言いながら、額の汗をぬぐった。実際、マイルズは重労働と乏しい食事のせいですっかり痩せこけていた。「もうこの仕事はあきらめたほうがいいかもな」

ナンナはもどかしげにマイルズを見やったが、ため息をついて、言おうとしていたことを吞みこんだ。そして、どうでもいいようなふうを装ってたずねた。「森は右と左に、それぞれどのくらいまで続いてるの?」

「知らないのか?」マイルズは非難がましく言った。「ぐるっと回って、一周してるんだよ。そんなことも知らないとはな。いったいどこの学校へいってたんだ」

「えっ――」ナンナはあんぐりと口を開けてマイルズを見た。「もちろん、あなたに教わったのよ。コンクリート高校でね。あたしのこと、わかってなかったの? あたしはすぐにわかったわよ。そのころは、『ズルいマ』って呼んでた。ピペットを吹いてパンくずをぶつけてたでしょ」

　マイルズはまじまじとナンナを見つめた。これまでじっくり見ようともしていなかったのだ。すると、じわじわと記憶がよみがえってきた。ソース、たしかそう呼ばれていた子だ。イニシャルがHPだったから。しかも、マイルズをいじめている中でもいちばん嫌な子だった。ぎょろ目の太った、こっちを小ばかにしたような顔の。ドーナツの二重母音すらわからないような、できない生徒たちの仲間だったくせに、マイルズがどなりつけても、いつも鋭い切り返しを用意していて、クラスじゅうを笑わせた。あの子のことは大嫌いだった。教師を辞めたのは、あの子のせいでもある。こうして見ると、まちがいなかった。ただし、今は前のように太っていなかったし、目もぎょろぎょろしていなかった。あいかわらずおはじきみたいに大きくて灰色だったけれど。それに、顔つきも昔とはちがって、悲しげで、物思いに沈んでいるふうに見えた。

「あたしのことをわかってなかったなんて、笑えるよね。気づいてるってずっと思ってた。ミントティーのおかわりはいる？」

「もう一杯あれば」マイルズは言った。「きみのこと、ひどい生徒だと思ってた」

「あたしは、先生のこと、アヒルみたいって思ってた。だから、怒ったり、イライラしてるのを見るのが、面白かったんだ」

フクロウに似てたな、とナンナは懐かしい気持ちで思い出した。生え替わった羽がもふもふしていて、意地悪な昼の光に目をぱちくりさせているフクロウ。

「えっと、その、一度もきいてなかったけど、どうして森に入りたいんだい？」マイルズはたずねた。

「うんとね、昔から、言葉を使ってなにか作ってみたかったの。つまり、例えば……そうだな、彫刻みたいなものとか」

一瞬、マイルズの脳裏にナンナが説明したものが浮かんだ。大きくて複雑で、端正な彫刻が燦《さん》然《ぜん》と光り輝き、同時に闇を放つさまが。

マイルズは少しむっとして答えた。「そんな理由で森に入れてもらえるなんて、とても思えないがな」そして、腫れてヒリヒリしている鼻をまた拭いた。この一時間で百回目だ。そのせいで、ナンナが気の毒そうにこちらを見たのには気づかなかった。

その次の日、ノエルの体にはよくないということになったポテトチップスやらヌガーやらデニッシュパンなど高カロリーのエサをもらっていたナンナのトカゲが、十グラム重くなったことがわかった。

「これで、きみは出発できるな」マイルズはぼそりと言って、つぶしてドロドロにしたエサをシャベルですくい、ノエルのまぐさ桶に入れた。そして、足の痛みのせいだといわんばかりにそっけない口調で「おめでとう」と付け加えた。

「それなんだけど、ずっと考えてたの。あたしのトカゲとノエルを取り替えない？　急いでるんでしょ。あたしは待つのはかまわないから。このトカゲを連れて、森へいってくればいいよ」

マイルズは心底驚いた。一瞬、聞きまちがいかと思ったほどだ。これまでだれひとり、彼にこんなことはしてくれなかった。

「本気で？　ノエルとトカゲを取り替えてくれるのか？」マイルズは口をあんぐりと開けたまま、ナンナを見つめた。「ええと、それは、その……親切にどうもありがとう。たしかに……そう、もっともな案かもしれない。理に適ってる。きみはノエルの世話の仕方を知ってるし、ノエルはすっかりきみになついてる。だとしても――」マイルズの胸がうしろめたさでズキンと痛んだ。

「本当にいいのかい？」

「ええ、ほんとよ。本当にいいの」ナンナは静かに言った。

マイルズはすぐさま行動に移った。もうナンナのほうは見なかった。彼女の気が変わったら困る。そして、スクーターにまたがると、トカゲをポケットに入れ、土埃の舞う道を一番近い森の入り口へ向けて走っていった。

ノエルとナンナは、マイルズの姿が見えなくなるまでずっと見送っていた。マイルズの姿が消えると、ノエルは鼻をふりあげ、身が引き裂かれるような悲しい声で長々と鳴いた。

「ほら、静かになさい、アヒルのルエノちゃん。これが一番いい方法だったんだから」

けれども、そう言ったナンナ自身も深いため息をつき、それから、一ペンス分の水を買いに出かけた。

マイルズは検問所につくと、全身黒ずくめの女の人のうしろに並んだ。女の人は並んでいるあいだじゅう洟をすすったりしゃくりあげたりして泣いていた。泣きやんでくれないだろうか、とマイルズは思った。聞いているだけで、こっちがおかしくなりそうだ。

女の人がカメを見せると、警備兵は言った。

「おい、おれが騙されると思ってるのか? このカメはもう死んで、何日も経っているだろうが」警備兵は嫌そうにカメを放り投げた。そして、女の人がどんなに泣こうが頼もうが、彼女を通そうとしなかった。「わたしの赤ちゃんのお墓に供える〈言の葉の輪〉がほしいんです。娘は先週、死んでしまいました。まだたった七か月だったのに――」

「どうしようもないね。生きている動物じゃなきゃならないんだ。三十五グラムから二十キログラムのあいだと決まっている。法律なんだ」

女の人が立ち去ろうとしてうしろを振り向いたので、マイルズに彼女の顔が見えた。

マイルズは、もごもごと言った。「これをどうぞ。このトカゲを差しあげます。ぼくはきっとまた、別のを手に入れられますから。さあ、どうぞ。さあ」

女の人は何度か言葉にならない言葉を声に出そうとしてのどを詰まらせつつ、トカゲを受け取った。そして、うんざりしたようすの警備兵に見せると、警備兵は肩をすくめて、パスポートにスタンプを押した。女の人は急ぎ足で森の中へ入っていき、森は濃い緑色の本のようにさっと開いて彼女を受け入れ、また閉じた。

マイルズはのろのろと検問所をあとにした。脳がしびれたように感じる。これからどうすればいいだろう。ひとつだけはっきりしているのは、ナンナのところにもどって、見ず知らずの他人にトカゲをやってしまったとは言えないということだけだった。でも、本当はそれこそが、今、唯一したいことだった。あのミントティーが飲みたくてたまらない。ナンナはきっと彼のためにお茶を淹れてくれるだろう。ノエルは喜びの鳴き声で迎えてくれるにちがいない。

そんなに遠くないところに川があり、森へ流れこんでいた。マイルズはそこまでいって、川をまたぐように張られた鉄条網の横に腰を下ろした。

「そこの魚は使えんぞ！」検問所の警備兵がどなった。「魚は法定通貨として使えないんだ」

マイルズはわざわざ返事はしなかった。しゃがんで、灰緑色の濁《にご》った水をのぞきこむ。自分の顔が映るのではないかというように。

そして、数週間が過ぎた。

ノエルはマイルズをひどく恋しがった。嘆き、悲しみ、物憂《ものう》げな低い声で鳴いた。やつれ、体重が減り、耳は力なく垂れ、おふろすら前ほど楽しくなくなったようだ。ナンナは心配になりはじめた。彼女自身も、マイルズのことが恋しかったけれど、少なくとも彼が森に入ったところを想像して心を慰めることができた。またそのころには別の趣味も楽しむようになっていた。踏みつぶされた言葉を集めて、平らにし、ノエルのおふろ用のお湯できれいにしてから、縫い合わせるのだ。「魅力的」「最良の取引」「引っ張りだこ」「モンスター」「希望をもって」「非現実的」……そうやって、ノエルに大きなキルトの毛布を作ってやるつもりだった。そろそろ冬がやってくる。強い風が吹くようになり、夜になると、ノエルはぶるぶる震えて、眠りながら弱々しい声で鳴いた。言葉は風に舞い、すみっこに吹き溜まりを作った。「そのゾウは具合がよくないようだな」トラックで通りかかった境界地区視察官は言った。「予防局に連絡したほうがいいかもしれん。楽に死なせてくれるだろう。境界周辺でゾウの病気をはやらせるわけにはいかない」

だったら、もっといい方法がある。でも、素早く行動しなければならないことはわかっていた。ナンナは言葉で糸を紡いで、網を編み、ノエルのエサを包んだ。自分にはサンドイッチを用意し、水筒にミントティーを入れると、ノエルの背中にまたがって森との境界までいった。風に飛ばされた枝が落ちているのではないかと思ったのだ。目的に適うような、十分な長さのある、まっすぐでまだ水気を含んだ枝は少ししか見つからなかったが、怪しんだ警備兵に銃を向けられながらも五、六本ほど手に入れると、安全なところへ引き返した。それから、ノエルが見守る横で、凧《たこ》を作った。組み立てたフレームに言葉で作ったパッチワークを張り、しっかりと留める。完成した凧は大きく立派で、色とりどりに輝く大きな星のようだった。

「よさそうよね、ルエノ?」ナンナはゾウに向かって言った。「問題はちゃんと飛ぶかってこと」

最初はうまくいかなかった。そこで、ナンナはいくつかの言葉をつなげてしっぽを作った。「新しい　魅力　ファッション　流行の　オーダーメイド　愛　やさしい　真実」。すると今度はまるで生きているみたいに、凧は空へぐんぐんあがり、沈む直前の太陽の輝きを受けてくるくると回った。夕日が嵐雲の巣の中へ沈んでいくあいだ、凧は歌い、長く連なる文章の弦をかき鳴らした。ノエルは首をかしげて耳を大きく広げ、うれしそうに鼻を持ちあげて、空で舞い踊る言葉の鳥の動きを追いかけた。

「ねえ、ルエノ、次の問題は、凧があたしたちのことを運んでくれるかってこと。でもそれは、やってみなけりゃわからない。試すのは、暗くなってからね。じゃないと、監視塔の警備兵に弾をたっぷり撃ちこまれて、干しブドウ入りのエクルズケーキみたいにされちゃう」

あたりが暗くなってくると、ナンナは黒と緑が凝固したような空に凧をあげた。魚を釣りあげようとする漁師よろしく、糸を目いっぱい繰り出し、それからまたくるくると巻いて引き寄せると、凧は暴れ馬みたいに飛んだり跳ねたり躍りまわった。風はどんどん勢いを増しながら、森の方向へ吹いていている。ナンナたちがいるところからでも、木々がミシミシときしみ、バッサバッサと枝を揺らす音が聞こえた。

「あの下の森に、風を避けられる場所があるはずよ、ねえ、アヒルのルエノちゃん。それに、森のどこかでズルいマに会えると思うの。あなたも会いたいでしょ？」

その名前を聞いて、ノエルはうれしそうに甘えた声を出した。

「今日はおふろに入り損ねちゃったわね。出かける前に、川でひと浴びしていく？」

ナンナはサンドイッチを食べ、そのあいだ、ノエルは薄闇の中でタールのように黒く見える水で楽しそうに水浴びをしていた。そのあいだもみるみる夜は暗さを増し、風もますます強くなった。そこで、ナンナはノエルの胴体に巻いた言葉の網に凧の糸をしっかりと結びつけた。それから、自分の腰に巻いた同じ網のベルトにも凧の糸をくぐらせて留め、強い風を待った。そして、まさに待っていた強風が吹いてきたとき、ナンナは力をこめて糸を引っぱった。次の瞬間、ノエルとナンナはふわっと宙に持ちあげられた。ノエルは地面より三メートルほど上にいるのに気づくと、仰天しながらもはしゃいだようにパオーンパオーンと鼻を鳴らした。

「大丈夫だから、落ち着いて。ねえ、ルエノ」ナンナは片手でノエルの耳をつかみ、もう片方の手で糸を繰り出した。「この風の調子なら、うまいこと鉄条網の上を越えられそう」

ナンナたちは川に沿って進んでいった。下を見ると、川がぼんやりと光っているのがわかる。その三、四メートル上をかすめるように、ナンナたちは飛びつづけた。

「鉄条網を越えるには、もうちょっと高く飛ばないと」ナンナはつぶやいて、糸をたぐり寄せた。頭上に広がる空は今や、ほとんど真っ暗になっていたが、先をいく凧がかすかに光っているのは見える。照明のほたるスイッチのようだ。

するとと、突然ノエルが奇妙な声をあげた。電車に乗っている飼い主を見つけたときの犬みたいな声だ。

「どうしたの、かわいいルエノ？　ほら、落ち着いて。もうすぐ降りられるから」ナンナは言った。

けれども、ノエルはぐいと鼻を伸ばして、川岸を指した。だれかがうずくまって、どんよりとした水の中をのぞきこんでいる。ノエルはひとつしかない鼻で同時に、そちらを指し、フンフンと息をして、パオーンと鳴いた。

「え！　まさかズルいマ？」ナンナは息をのんだ。「ズルいマ！　ズルいマ！　ズルいマなの？　いったいそんなところでなにをやってるの？　どうして森に入ってないの？」

そして、マイルズの上まできたとき、さけんだ。「ここよ！　早く！　これをつかんで！」ナンナは凧の糸の先をマイルズのほうへ投げおろした。

運よく、マイルズはそれをつかんだ。さらに運がよかったのは、彼がやってみたいと思ったことのある唯一のスポーツはロープクライミングだったことだ。両手で糸を手繰りながら、マイルズは上へとのぼりはじめた。そして鉄条網のところにきたとき、まさにすれすれでその上を越え、森へ入った。

ナンナたちが木の枝にザザザザーッと突っこんだと同時に、ビーン！　という音がして糸が切れ、解き放たれた凧はみるみる上昇して、夜空に消えた。ナンナとマイルズとノエルは茂みの中に転がり落ち、全身ひっかき傷だらけになったが、深い傷は負わずにすんだ。二人と一頭は暗闇の中で身を寄せ合い、相手のぬくもりを感じて抱き合った。

「言葉の音が聞こえる」ナンナが言った。「それに、この香り！」

果たして、新鮮で、かぐわしい、雨のにおいを含んでピリッとした芳香が立ち昇ってきて、まわりの闇を満たした。そして、四方から、ぼそぼそと絶えずつぶやくような、葉をサワサワと揺らすような、ピィピィと小鳥がさえずるような、栄養をたっぷり含んだ音が聞こえてきた。彼らはすっかり疲れ果て、体の節々が痛んで、ぼろぼろになり、驚異の念に打たれていたが、それでも、その数分のあいだに理解したことは、これまでの人生でわかったことすべて合わせたよりも多かった。

「いったい……」マイルズは言いかけたが、ナンナは彼の唇に指をあて、ノエルの鼻にそっと手を添えた。

「シィー、黙って耳を澄ませて！」

たぶん彼らは今も、その音を聴いているだろう。

よこしまな伯爵夫人に音楽を

Some Music for the Wicked Countess

"Some Music for the Wicked Countess", in
More Than You Bargained For, Cape 1955 © Joan Aiken

ボンド先生は、小さな村に教師として赴任してきたばかりの若者だった。村はキャッスルケリッグと呼ばれていたが、不思議なのは、城《キャッスル》なんてどこにもないし、昔もなかったことだ。村のまわりの四分の三は大きな森で、木々がボンド先生の小さな家のほぼ目の前まで迫ってきている。森の向こうには荒涼とした丘が連なり、湿地帯が何キロにもわたって広がっていた。

教える必要がある子どもは、十人だけだった。だから、村には学校なんていらないように思えたが、そうなると、毎日バスで六十キロ以上の距離を通わなければならなくなる。ガソリン代を考えれば、教師を一人雇うほうがはるかに安くあがるというわけで、ボンド先生は職を得たのだった。この仕事はボンド先生にぴったりだった。教えるのにそんなにたくさんの時間を割かずにすみ、残りの時間を、鳥の卵や蛾《が》、蝶、化石、石、骨、トカゲ、花といったものの収集に思う存分使うことができたからだ。それに、ピアノを弾く時間もたっぷりとれた。

学校には小さな古いピアノがあり、授業に飽きると、ボンド先生はいろいろな曲を弾き、生徒たちは何時間も夢ごこちで耳を傾けるのだった。

ある日、一番年上のノラが言った。

「誓って、先生閣下はお城の伯爵夫人にピアノを聴かせないとォ！　先生の音楽って本当にすンばらしくきれいで、この世のものとは思えないもんねェ」

「お城？」ボンド先生は興味を惹かれて言った。「どの城のことだい？　この近くにはお城なんてないよね？」

「もちろん、森の中のお城のことだよォ。先生のピアノ聴いたら、よこしまな伯爵夫人はきっと泣いて泣いて目ん玉が流れ出しちゃうよ」

「森の中のお城？」ボンド先生はますます首をひねった。「だけど、森の中にお城なんてないじゃないか。少なくとも、この地域の二万五千分の一の地図を見ても、載ってないぞ」

「まったく《ビゴラ》（アイルランドの方言）、この森は魔法だらけだってこと、先生閣下は知らないのォ？　茂みっていう茂みからレプラコーンがこっそりのぞいてるんだア。巣づくりの季節で卵を狙ってるのかって感じさア」

「おやおや、ノラ。バカバカしいことを言って。そんな夢みたいな話を先生にするんじゃないよ」

ところが、子どもたちはわっとボンド先生を取り囲み、口々に説得にかかった。

「誓って、先生閣下が魔法を信じてないなんて、おかしいよォ。先生閣下の音楽は本当にきれいだから、お城のワタリガラスや森の乙女たちが、われ先に窓の外に群がって聴こうとするさア」

ボンド先生は幾分イライラしてきて、もう今日の授業は終わりだ、そんなバカバカしい話には付き合えないと言って、子どもたちを追い払った。

次の日は学期最後の日で、ノラは卒業することになっていた。ボンド先生はノラにこれからどうするつもりなのか、たずねた。

「お城に奉公にあがるんだア。厨房《ちゅうぼう》で働く女の子を募集してるから。母さんが『いい経験になる』って」

「でも、城なんてない」ボンド先生は憤慨して言った。この娘はおかしいのか？　授業ではとてもよくできているようだったのに。

「先生閣下もきっとわかるよォ。それに、ほかにあたしにできることなんてないもん。なにかある？」

それには同意するしかなかった。ここには、ほかの仕事なんてない。その日の午後、ボンド先生は謎めいた城を見つけてやろうと心に決め、森へ入っていった。そんな大きな建物が木々のあいだに隠れているというなら、見てやろうじゃないか。ところが、何キロ、いや何十キロもさんざん歩き回って、帰ってきたときには、すっかり日も暮れて、のどはからからでくたびれきっていたというのに、城はおろか家や小屋すら見なかったし、ましてや、茂みという茂みからのぞいているレプラコーンなんて、ついぞ見かけなかった。

ボンド先生はむしゃくしゃした気分でパンとチーズを食べると、ピアノの前にすわって弾きはじめた。パーセルの「妖精の女王」から何曲か舞踏曲を弾くと、ほどなく苛立ちも収まって、子どもたちの腹立たしいふるまいのことは頭から消え去った。だから、まったく気づかなかったのだ。うしろにある窓から、長い金髪に縁どられた白い顔が三つ、こちらをのぞいていたことに。ボンド先生が演奏を終えると、森の乙女たちはうしろ髪を引かれながらもお城へ引き返していった。

「それで、村の者たちが言っているとおり、すばらしい演奏なのかい?」よこしまな伯爵夫人はたずねた。

「演奏を聴いていると、耳が頭から落っこちて、踊りながらどこかへいってしまいそうになるほどです。世界広しといえども、あの方ほどの演奏家はおりません」

「どうせおまえたちは大げさに言っておるのだろう」伯爵夫人は力なく言った。「だとしても、愚か者のブランのハープの代わりにはなるかもしれないね。あの愚か者が〈争いの浅瀬〉で首を切られて以来、代わりはいないのだから」

伯爵夫人はそう言って、いまいましげに部屋の隅を見やった。首のないハープ奏者は、編み物を習っているところだった。楽譜が読めずに、演奏ができなくなったからだ。

「その教師を城へ誘いこまねばならぬ」よこしまな伯爵夫人は言った。「再び音楽を聴けるようになれば、われらの退屈でさみしい生活も少しは明るいものになるであろう。ああ、この国のすみずみまでテレビ放送が普及する日が、早くこないものか。われらのような哀れな魔法使いたちにも娯楽や知識を提供してくれるであろうに。テレビではバレエのレッスンやかごの作り方など、さまざまな驚くべき情報が流されていると聞くぞ」

「どうやってここへ誘いこむのです?」乙女の一人がたずねた。

「いつものようにやればよい。わらわの鍵をあちこちへまき、それを見つけた幸運な者がわらわの身も心も手にできると、世に知らせよ。あとは、あの男に妖精のワインをくいと呑ませ、七年間の眠りに誘うのだ。そうなれば、あやつは永遠にわれらのものじゃ」

こうして手筈《てはず》が整えられ、伯爵夫人は村に鍵を隠したという触れを出した。そして、ボンド先生の庭の小道の真ん中に、すぐ目に付くように鍵が置かれた。しかも、ボンド先生には見えるが、ほかの人間には見ることができない。伯爵夫人の身も心も手に入れられると聞いて、人々は色めき立ち、森は休日のエッピングの森みたいに混雑した。しかし、ちょうどそのころ、ボンド先生は紅縞ランを探すのに夢中になっていたので(五月の第一週にしか、咲かないのだ)、そんな騒ぎが起こっていることには、ついぞ気づきもしなかった。

たしかに庭の小道に落ちている鍵は見たが、自分のものではないし、収集しているどのカテゴリーにも当てはまらないので、ポンと道から蹴り出し、そのあとすぐに門のそばで珍種のオレンジ色のヒョウモンチョウを見つけた興奮で、すっかり忘れてしまったのだ。

「あの男はどうかしている」伯爵夫人は苛立ちのあまりさけんだ。ここまで完璧に無視されるとは。腹が立ってしょうがなかったが、それでも伯爵夫人はあきらめなかった。

「蛇だましの術を使ってみよう。それならば、あやつを捕まえられるはずだ。あやつはあらゆる虫やら爬虫類《はちゅうるい》やらに興味を持っておる。とはいえ、あれでは、彼の妻になる女は、気の毒に、おそろしい暮らしを送ることになるであろうな」

蛇だましの術というのは、昔からある、死すべき定めにある人間を誘いこむ罠だった。森の乙女が色とりどりのうろこにルビーの目を持つ蛇に姿を変え、えじきとなる人間の通る道に身を横たえる。人間が抗いようもなく蛇を拾い、うちへ連れ帰ると、蛇はもとの森の乙女の姿にもどり、不運な男はいやおうなしに結婚することになる。乙女は日に日に厳しい要求をするようになり、バラの花びらで作ったコートがほしいだの、真冬にサクランボを食べたいだのと言いはじめるので、しまいには、夫はそうした手に入れるのが難しい品をねだるため、城を訪れる。そして伯爵夫人の手に落ちるというわけだ。

「そもそも、もっと早く蛇だましの術を使えばよかった。鍵なんぞよりも、楽にあやつを捕まえられただろうに」

というわけで、ボンド先生が次にグリーングラスツリー・カタツムリとサーモンピンクの斑の入ったクリスマスローズを探しに森へ入ると、美しい蛇が、黒や深紅や白やレモン色のうろこを見せびらかすように身をくねらせていた。

「なんてすばらしいんだ。珍しいものにちがいない。まさかT・キミワルイ・クネクネヨジリか？　これはうちへもって帰らねば」

ボンド先生は蛇を捕まえ、抵抗もせずじっとしている蛇をぶら下げて急いで家へ向かった。そんな彼のうしろ姿を、森の乙女たちがじっと見つめていた。ワタリガラスたちは高い木の枝から身を乗り出し、レプラコーンたちも枝のあいだからこっそりようすをうかがっている。ボンド先生は庭を走り抜けて、玄関の扉を肩で押し開け、キッチンテーブルに用意してあった保存用の塩水に蛇を入れて瓶の蓋を閉めた。しかし、どんな図鑑や資料を探しても、この蛇の写真や説明は見つからなかった。しかも、二、三時間もすると、蛇の美しい色がすっかり褪せていたので、ボンド先生はがっかりし、腹を立てた。腹を立てたのは、伯爵夫人も同じだった。しもべである森の乙女が一人、亡ぼされてしまったのだ。しかもまた、計画は失敗し、夫人のプライドはいたく傷つけられた。

「薬を盛るのはどうでしょう？」乙女の一人が言った。

「あの男は酒を飲まぬ」よこしまな伯爵夫人はいまいましげに言った。「一滴たりとも酒を飲もうとしない男にどうやって薬を盛るのか、考えてから提案せよ」

「ええ、でも、毎日、見たこともないような大きな瓶で牛乳を飲んでいますよね。ケリー中の牛が羨ましくてため息をつくような、クリームのたっぷり浮いたものを」

「よろしい。ならば、牛乳に薬を盛ってみよ。ただし、人間に魔法を吹きこむにはおそまつな方法だと、わらわは思うがな。たいした効果もないだろう」

次の朝、乙女二人はやる気まんまんで、雄鶏がときをつくるのと同時にボンド先生のうちにいくと、牛乳配達人がくるのを待ち伏せた。そして、配達人が牛乳を置いて立ち去るとすぐさま、瓶の紙蓋《かみぶた》を開け、薬を入れて（小さな封筒に入れた粉薬だった）、また蓋をもどし、急ぎ足でお城へもどった。

ところが、あいにく、その朝はちょうど、招かれざる客である村のアオガラが、ボンド先生の家を訪れる日にあたっていた。乙女たちが立ち去るとすぐに、四十羽の小鳥たちが玄関先に舞い降りて、器用に蓋を開けると、牛乳を一滴残らず飲み干した。十一日おきに必ず牛乳を飲み干されることにもはや慣れていたボンド先生は、牛乳なしの紅茶を飲むと、学校へいって校門を開けた。今日から新学期だった。

お城では、乙女たちが困った立場に追いこまれていた。いきなり四十羽のアオガラが窓から飛びこんできて、頑として出ていこうとしない理由を、伯爵夫人に説明しなければならなかったからだ。

「どうすればあのいまいましい男をここへ連れてこられるか、妙案はないのかい⁉　もう我慢の限界だよ」伯爵夫人は言った。

「招待状を書いたらどうでしょう？　丁寧に書いて、断るのは、ひどい無作法だと思わせるのです」

「それは思いつかなかったね」伯爵夫人は認めた。そして、椅子に腰かけると、ルーン文字のクセのある読みにくい字で、音楽の夕べにぜひおいでいただきたいとしたためた。そして、厨房の料理係になっていたノラに手紙を預け、ボンド先生に直接手渡すように命じた。ノラは仕事を頼まれたことがうれしくて、小躍りしながら村へ出かけ、朝、学校にいたボンド先生に手紙を渡した。

「伯爵夫人御自ら、先生のご尊顔を拝したいだなんて、名誉なことだア！　ソロモン王その人がシバの女王をもてなしたときみてえな、歌や踊りや音楽の宴なんだってさア」

ボンド先生はためつすがめつ手紙を眺めた。

「ほう、これは非常に興味深い。この裏に書かれているのは、初期のゲール語で書かれたクー・フーリン（ケルト神話の半神半人の英雄）伝説の一部のようだ。なんと、すぐに英国王立協会に手紙を書いて知らせねば」

ボンド先生は裏の伝説に完全に心を奪われ、表の文章を読むのをすっかり忘れてしまった。

伯爵夫人はかんかんに腹を立て、ノラを叱責した。

「もうおまえたちにはうんざりだよ。どうやら、わらわが自らあの男を捕まえてこなければならぬようだ。でないと、この冬は音楽なしで過ごすはめになってしまうからな」

今は五月の中旬で、危険な魔法の月だった。ちなみに、もっとも危険なのは十月だ。

よこしまな伯爵夫人はスパイを送って、ボンド先生が森へ夕方の散歩にきたら報告するように命じた。そして数日後、ボンド先生が糖蜜《とうみつ》の缶と筆を携えてやってきて、木の幹にせっせと糖蜜を塗りつけているという知らせが入ると、伯爵夫人はすぐさま持てる魔法すべてをもって美しく着飾り、ボンド先生のところへ赴いた。森じゅうが興奮でざわめき、レプラコーンたちが茂みの中でぴょんぴょん飛び跳ね、サンザシの花がひっきりなしに舞い落ちる。当のボンド先生はそんなことにはつゆほども気づかず筆を動かしていたが、さすがに、流れるような髪を持つ美しい伯爵夫人の姿は目に入った。きっと訪問看護師さんだろうと、ボンド先生は思った。

「すばらしい夕べですこと」伯爵夫人はあいさつをした。「ずいぶんと不思議なことをなさっているのですね。木の幹に、まるで膝にけがをした馬たちにするように蜜を塗りつけるとは。もしかしたら、わらわへの賞賛としてなさっているとか？　わらわの森は、その木にいたるまで甘く、ケーキのように飾りつけるのにふさわしいということでしょうか？」

「こんばんは。わたしは蛾を捕まえようとしているのです」ボンド先生は控えめに答えた。

「哀れな茶色いものどもを追いかけるのも、すばらしいことですわ。でも、本当なら教養あるあなたさまは城にいらして、わらわと乙女たちと音楽の夕べを楽しむことができるんですのよ。ムクドリの群れのように心を合わせ、声を合わせて、歌いませんこと？」

「もしかして、伯爵夫人でいらっしゃいますか？　あなたに関するあやふやな話をいくつか耳にしはしたのですが、まさか実在していらっしゃるとは思っていませんでした。なにか無礼をしておりましたら、どうかお許しください」

「このあたりの者たちよりも、われわれの心は広いのですよ。友のあいだでは、多少の無礼などどうでもよいこと。今すぐ、わらわといっしょにいらして、なにか飲み物でもいただきながら、二、三曲音楽を楽しむのはいかがです？　傷ついた心には、音楽がなによりの癒しと申します。胸のうずきや打ちひしがれた心をなだめてくれますから」

どうやら自分はこのおしゃべりなご婦人をなにかで怒らせてしまったらしい、とボンド先生は察した。と、ノラが持ってきた手紙のことを思い出し、やましい気持ちに襲われた。あのまま英国王立協会へ送ったきり、すっかり読むのを忘れてしまったのだ。

ボンド先生は向き直って、伯爵夫人といっしょに歩いていった。すると、森の中にツタの絡まる灰色の塔が現れたので、あっと目を見開いた。その場所には、誓って、前はなにもなかったのだ。

「こちらへ」伯爵夫人は小さな通用門を開け、手で押さえた。「友人同士のあいだで形式ばる必要はありませんものね」

螺旋《らせん》階段を五十段ほどのぼってようやく、よこしまな伯爵夫人の私室に入った。薄暗く、床にイグサのまかれた部屋には、大勢の乙女とレプラコーンたちがいて、薪を燃やす煙が立ちこめている。

「どうぞおすわりになって。一息ついてくださいな」そう言って伯爵夫人は乙女の一人に命じた。「お気の毒な紳士に飲み物を持っておいで。洗濯ひもにくっついたシーツより息が切れてらっしゃるんだから」

「紅茶より強いものはいただけそうにありません」ボンド先生は弱々しい声で言った。

「お紅茶？　では、濃いお紅茶を淹《い》れてさしあげなければ。ふつうのお茶では、音楽と呼ぶにふさわしい演奏はできませんでしょう？　おまえたち、お湯を沸かして」

「いえいえ、ずいぶんよくなりましたし。どうかお構いなく」

「でしたら、どうか一曲弾いてくださいませんか？　あなたがいらしてからというもの、村はあなたへの賞賛でもちきりですもの。あたかも、人の形をしたナイチンゲールが、われわれのもとに姿を現したかのように」

「もちろん、喜んで。しかし、ピアノがなければ、演奏することはできません」ボンド先生は言った。

不穏な間があいた。

「ええ、たしかにそうですわね。レプラコーンを二匹、お宅へ取りにいかせましょう」伯爵夫人は気を取り直して言った。「十分ほどでもどってまいりますから。ええ、あのものたちなら」恐ろしい目つきに促されるように、レプラコーンが二匹、そそくさと部屋を出ていった。

ボンド先生は夢心地で部屋を見回した。魔法の雰囲気にすっかり魅了されていた。紅茶が運ばれてきたので、少ししゃんとしたが、一目見て、思わずブルッと震えた。紅茶は何時間も煮出したかのように、真っ黒だった。乙女たちは紅茶を淹れるのが苦手だったのだ。伯爵夫人は、背の高いグラスから蜂蜜酒を優雅にすすった。

幸い、ちょうどそのとき二匹のレプラコーンがピアノを抱えてよろよろともどってきたので、みなの注意がそちらへそれた。こんなに早くもどってくるとは。レプラコーンが乙女たちの声援を受けながら、螺旋階段をのぼってくるすきに、ボンド先生は紅茶を糖蜜の缶の中に捨てた。

「なにをお弾きしましょうか?」ボンド先生は伯爵夫人にたずねた。

伯爵夫人は考えた。音楽家のうぬぼれの強さはみなの知るところだ。おだてていい気分にさせるには、本人が作曲したものをリクエストするのが一番いい。この男もなにか曲を作っているはずだ。

「あなたがご自分でお書きになった曲がいちばんよろしいですわ」伯爵夫人は言った。

ボンド先生は顔を輝かせた。彼女こそ、本物の音楽愛好家だ。このような片田舎ではめったにお目にかかれない。

「新しい全音音階的幻想曲とフーガをお聞かせしましょう」ボンド先生は嬉々として言った。生徒たちの前で弾いているフォークソングやカントリーダンス曲から解放されるのが、うれしかったのだ。

ボンド先生は鍵盤に手を置くと、ジャーンと叩きつけるように不協和音を響かせた。レプラコーンたちは全身を戦慄《わなな》かせ、乙女たちは歯を食いしばり、よこしまな伯爵夫人は思わず椅子のひじ掛けをぐっと握りしめた。

そして、ボンド先生は演奏を始めた。その音のすさまじさに耐えかね、魔法の塔のレンガが、ひとつ、またひとつと崩れ落ちていく。伯爵夫人と乙女たちはうめき声をあげながら森へ姿を消し、レプラコーンたちはぶつぶつ言いながら茂みに逃げこんだ。ボンド先生が弾き終わってまわりを見回すと、驚いたことに、森の空き地の真ん中に一人ぽつんとすわっていた。おかげで、村の人に頼んで、ピアノをうちまで運ぶのを手伝ってもらうはめになり、どうしてそんなところにいたのか、苦労して説明をひねり出さねばならなかった。

しかし、そもそも村の人たちは先生の話にはいっこうに興味を示さなかった。

「ああ、いつもの伯爵夫人の気まぐれだア。あのお方はね。やれやれ。まったく、先生もどういうつもりなんだろうねェ、五月の夜に森をうろつくなんざア」

それからあと、ボンド先生とよこしまな伯爵夫人は森を散歩中にたまさか出会うことがあっても、お互い、相手がいないかのようにふるまい、言葉を交わすこともなかった。

ハープと自転車のためのソナタ

Sonata for Harp and Bicycle

「五時以降に建物内に残るのは禁止だ」マナビー氏は新しいアシスタントを小包の内側みたいな小部屋に案内しながら言った。

「どうしてです?」

「管理上の方針だ」マナビー氏は言った。でも、それは本当の理由ではなかった。

グライムズビルはすすけた細長い建物で、丘の斜面にクラーケンウェルの町のほうへ傾くように建っていた。崩れかかった壁の内側には、狭くて薄暗いオフィスが並び、それぞれ小さい照明がついていた(建築家の自慢の種だった)が、日が暮れはじめると、そうした小さな光は巨大な掃除機に吸いこまれて粉砕され、窓やドアから押しとどめるすべもなくなだれこんでくる暗闇にその場を明け渡すのだった。闇は、嬉々としてねぐらにもどってくるコウモリの群れのごとく、ビル内に巣くっていた。

「手を洗いましょう。手を洗いましょう」五時十五分前になると、通路という通路にスピーカーの大音量が響きわたる。そんなふうに促されなくても、社員はレミングみたいに押し合いへし合いしながら洗面所へ向かった。その緑と青のタイルは偽りの明るさで、じりじりと侵入してくる黄昏《たそがれ》に歯向かおうとしていた。

「紙類はすべてしまいましょう」五分後に、またスピーカーの声が促す。「みなさん、自分の机を点検しましょう。書類が置いたままになっていませんか？　片付けてください。机は整理整頓された状態に、引き出しはすべて閉めましょう」

この命令のあと、耳を澄ましていれば、あたかもおびただしい数のキンバエが飛んできたかのような、大量の紙をめくったりそろえたりする音が聞こえてくる。モートン・ウォールド社の社員たちが書類を箱にしまい、手紙や請求書を引き出しに放りこんで、統計の摘要をクリップでまとめて書類キャビネットに突っこみ、不要な書類をゴミ箱に投げ入れているのだ。二分後には、グライムズビルじゅうの机は、日ごろからうっすら積もっている埃以外なにもない状態になる。

「帽子をかぶり、上着を着ましょう。帽子をかぶり、上着を着ましょう。傘は持ってきていませんか？　床に買い物袋を置きっぱなしにしていませんか？」五時三分前には、帰宅する人の波が次々とエレベーターへ乗りこみ、階段をおりていく。ざわざわという断続的な話し声がどっと押し寄せ、建物正面の大きな両開き扉を一瞬、暗くする。すると、セント・ポール大聖堂の最初の鐘の音が、凍てつく空気の中に響いてきて、すぐ近くにあるセント・ビダルフ・オンザウォールの鐘がさらに大きな音でそれを引き継ぐ。そのころには、モートン・ウォールド社の敷地はすっかり空になっていた。

「でも、どうしてなんだい？」ある日、新入りのコピーライターのジェイソン・アシュグローブは秘書にたずねた。「どうしてそんなに急いで社員を追い出すんだ？　別に反対ってわけじゃないよ。いろんな意味で立派なやり方だと思う。だけど、個人の自由ということも考えなきゃいけないんじゃないかな？」

「お静かに！」秘書のミス・ゴールデンは、怯えたように目を見開いてジェイソンを見つめた。「そういう質問はなさってはいけません。常勤の社員になったら、理由は聞けますから。それまではだめです」

ジェイソンは不満だった。「でも、今知りたいんだよ。きみは知ってるのかい？」

「ええ、知っています」ミス・ゴールデンはじらすように言った。「さあ、作業を進めないと、十五分前までに〈オーツチップス〉のレイアウトを終えなきゃいけないんですから」そして、ミス・ゴールデンはきっぱりと目の前の書類に視線を落とした。唇を軽く突き出し、綿菓子のような髪が顔にかかって、まつげがペリドットグリーンの瞳を覆《おお》い隠す。秘密を持った女の子だ。

ジェイソンはむっとして、意地の悪い言葉をうまい具合に韻《いん》を踏んで並べてみせたけれど、ミス・ゴールデンはこちらの身のすくむような沈黙でそれを無視した。

「ミス・ゴールデン、お誕生日にはなにがほしい？　シェリー酒？　甘いファッジ？　泡の入浴剤とか？」

「オーツチップスの件で、すっきりした気持ちで帰りたいんです」ミス・ゴールデンは言い返したが、それは本当ではなかった。ミス・ゴールデンがなにより望んでいたのは、ジェイソン・アシュグローブだったから。でも、ジェイソンのほうはまだそれに気づいていなかった。

「なあ、じらさないでくれよ。きみだって、常勤になってまだそんな長くはないだろ？」ジェイソンは機嫌をとるように言った。「常勤になるとき、なにがあるんだい？　最高経営責任者と内密におしゃべりするとか？　もしかしたら『グライムズビルのおそろしい秘密』って本をもらえたりして」

ミス・ゴールデンは黙っていた。そして、引き出しを開けると、白いタオルと、バラのせっけんを取り出した。

「手を洗いましょう！　手を洗いましょう！」

ジェイソンは業を煮やして言った。「後悔するよ。ぼくは一か八かの賭けに出るからね」

「まあ！　ぜったいにだめです！」ミス・ゴールデンの目が恐怖で見開かれた。そして、部屋を飛び出していったけれど、数分で、手をふきながらもどってきた。

「もしコーヒーをおごったら、ちょっとだけヒントをくれるかい？」

ミス・ゴールデンとジェイソンは並んで緑の床の廊下を走り、十階から降りてきた百人プラスその下の階にいる九百人の社員たちと、競うように白い大理石の階段をおりはじめた。

ミス・ゴールデンの唇が動いたのがわかったけれど、二千本の足の音がカンカン響いて、声をかき消した。

「——非常口」カーペットの敷いてある玄関ホールで一瞬の静けさが訪れたとき、それは聞こえた。「——自転車が関係してるんです。自転車とハープが」

「どういうこと？」

そのころにはもう建物の外に出ていた。冬の夕暮れは、屋台のセロリのにおいと、遠くにある公園で掃き集めた落ち葉の香りがして、肌寒く、爆撃を受けた地区の枯れた月見草に幾層もの冷たい露が沈んでいる。ロンドンは薄闇の謎に包まれ、雲が縞模様を成しているくすんだ空を背景に薄れつつあった。嵐の海で一番大きくなると言われている〈第九の波〉のように、車の音が追いついてきて二人を呑みこんだ。

「教えてくれよ！」

けれども、ミス・ゴールデンは首を横に振って、深紅色のバスに乗りこみ、彼のもとから去っていった。

ジェイソンはどうするか決められないまま、歩道に立ち尽くしていた。人の波が、橋脚を避けるかのように彼のところで二つに分かれて流れていく。ジェイソンは頭をかき、ヒントを探すようにまわりを見回した。

救急車がウーウーとサイレンの音を響かせ、タクシーがプップーとクラクションを鳴らし、工事のドリルがダダダダダとやかましい音を立て、川で号笛がピーと鳴り響き、ドアがバタンと閉められ、ブレーキがキキキキキと甲高い音を立てて、耳のすぐ横を自転車がチリンチリンと小さくベルを鳴らして通り過ぎた。

自転車、とミス・ゴールデンは言っていた。自転車とハープ、と。

ジェイソンは振り返って、グライムズビルを眺めた。

どこかに、中にもどれる出入り口があるはずだ。物品の搬入口とか。ジェイソンはゆっくりと歩いていって正面玄関の前を過ぎ、雪のように白いキクの植木鉢の横を通って、グラス通りを上がっていった。小さな楔《くさび》形の闇がひそやかに手招きしている。どっしりとした建物の中へ刻まれるように延びる路地、小路、細道だ。両側にそびえる壁が今にもくっついて、道をかき消してしまいそうに見える。

アメリカ先住民のように音もたてずに歩きながら、その細い道を抜けて、ずらりと並んだゴミ箱の前を過ぎると、非常口の下に出た。鉄製の非常階段の先は霧の中に消え、中世のおとぎ話の挿絵のようだ。

ジェイソンは階段をのぼりはじめた。

九階までのぼると、一息ついた。さみしい場所だった。照明は、階ごとに足元を照らす薄暗い電球しかない。下を見ると、闇の泉が広がっていた。風が冷たい指でしつこくからみつき、上着のすそを翻《ひるがえ》す。ジェイソンは非常口のひもを引っぱり、体を横にして中へ入った。

グライムズビルは三角形で、三角形の底辺にあたるのがグラス通りとすれば、非常口は三角形の頂点に位置していた。中を見ると長い通路が二本、こちらへ向かって延び、ちょうど彼が立っているところで鋭角に交わっている。左の通路を選び、洞窟のような静けさの中を、足音を忍ばせて歩いていく。どこまでいっても、なんの音も聞こえない。遠くのほうで、ポタッポタッと水滴の落ちる音がするだけだ。建物には夜警もいない。必要ないからだ。泥棒も、このビルのことは敬遠していた。

ジェイソンは適当にドアを開けてみた。また別のドアを開ける。まわりはすべてオフィスで、がらんとして人を寄せつけない雰囲気があった。口紅のついたティッシュと、こぼれたパウダーと、オレンジの皮がそのままになっているオフィスがある。まだタバコの煙が立ちこめているオフィスもあった。次のは取締役の特別室だ。半エーカーほどもありそうな凍った湖を思わせる机に、厚さ三センチの分厚いカーペット、バラの花が飾られて、葉巻の残り香が漂っている。会議室には、落書きされた吸い取り紙が散らばっていた。でも、どの部屋も、人はいなかった。

いつ、ベルの音に気づいたのかはわからない。最初は電話の音かと思った。それから、外線はすべて五時で切られることを思い出した。それにこのベルの音は、規則的にリンリンと二回ずつ鳴る電話の音とはちがう。チリンと短く鳴って、しんとなり、リーンと長く鳴って、また静かになる。それから、一気にリンリンと鳴り響いて、また静かになった。

ジェイソンは立ったまま、耳を澄ませた。恐怖が肋骨を打ち、呼吸が浅くなる。今、動かないと、このまま動けなくなる。そう思って、階段を駆けあがると、またもや緑の廊下が二本、コンパスのようにどこまでも延び、ジェイソンに手招きしていた。

すると、また別の音が聞こえた。薄氷を思わせるアルペジオ（和音を分散させて弾く奏法）の調べが、舞い落ちる雪片のように漂っている。廊下のはるか先から響いてくるようだ。ジェイソンはその音を追いかけるように走りはじめたが、走れば走るほど、音は遠のいていった。建物の中をぐるりと一周したが、どうしても追いつくことができない。もとの階段のところにもどってくると、音楽はひとつ下の階へと去っていた。

ジェイソンは一瞬、ためらった。すると、またあのベルの音が聞こえてきた。自転車のベルだ。どんどんこちらへ近づいてくる。迫りくる恐怖。ペダルを漕ぐ音が聞こえ、回転する車輪がチラチラと光るのが見えるようだ。蒸し暑い日曜の午後に、アイスクリーム売りが子どもを呼びよせようとひっきりなしにさけぶ声を意味もなく思い出した。

ふと見ると、壁の一部がへこみ、水バケツやポンプなどの消火設備が置いてあった。ジェイソンはそこへ飛びこんだ。すると、すぐ横でベルの音がやみ、一瞬、間があいた。心臓が暴れて胸から飛び出しそうだ。無表情な空気に刻まれたような一組の目がこちらを見つめている。すると、黒い闇からからみあった二本の手が突き出され、彼をつかんだ。

「デイジー？　デイジーなのか？」囁《ささや》き声が言う。「きみなのか、デイジー？　答えを聞かせにきてくれたのか？」

ジェイソンは口を開いたが、言葉が出てこない。

「デイジーじゃないんだな！　だれだ？」息もれするような低い声にはすごみがあった。「ここは立ち入り禁止だ。関係者以外は入れない」

そして、ぐいぐいと廊下の先へと押しやられた。つむじ風に飛ばされているみたいだ。先のほうに見える非常口が、触りもしないのに開き、ジェイソンは非常階段の踊り場に押し出され、細い手すりを握りしめた。それでもまだ、二本の手はジェイソンを放そうとしない。

「どうだ？」囁き声があざけるように言った。「飛び降りてみるか？　そっちのほうが楽な死に方かもしれないぞ」

ジェイソンは霧の立ちこめた空間を見下ろした。闇が、親しげにうなずいた。

「おまえがいなくなったところで、たいしたこともないだろう？　おまえはなんのために生きてるんだ？」

ミス・ゴールデンのためだ、とジェイソンは思った。ぼくがいなくなったら、彼女はさみしがるだろう。するとべ・レ・ニ・ス・ゴー・ル・デ・ンの一音一音が、鐘の音のようにあたりを漂った。ジェイソンは、持っていることも知らなかった勇気を体の奥底から引っぱり出すと、二本の手を振りほどき、うしろも振り返らずに非常階段を駆け下りた。

次の朝、ミス・ゴールデンはこぎれいに装い、いい香りを漂わせながら、時間どおりに942号室のドアを閉めたが、帽子をかけようとして、はっと息をのんだ。

「アシュグローブさん、髪が！」

「こっちのほうが貫禄が出るだろ？」

たしかにそのとおりだった。完璧に真っ黒だった髪にいく筋か白いものが混ざり、外交官なら羨むような色に変わっていたからだ。

「どうしてそんなことに？　まさか――」ミス・ゴールデンの声がぐんと低くなった。「暗くなってからグライムズビルに入ったんじゃないですよね？」

「ミス・ゴールデン、いや、ベレニス」ジェイソンは真剣な顔で言った。「デイジーというのはだれだ？　きみは知っているはずだ。教えてくれ」

「彼を見たんですか？」ミス・ゴールデンは消え入るような声でたずねた。

「彼？」

「ウィリアム・ヘロンです――〈嘆きの夜警〉のことです。ああ、なんてこと」ミス・ゴールデンは怯えきっていた。「見たんですね。あなたは呪われてしまった――呪われてしまったのよ！」

「もし呪われたのだとしたら、コーヒーを飲もう。そして、今すぐにぜんぶ話してくれ」

「すべては五十年以上前の出来事なんです」ベレニスは気もそぞろに多すぎる量のインスタントコーヒーをすくった。「ヘロンはこのビルの夜警で、日が暮れてから夜明けまで毎晩、ビルの中を自転車でパトロールしていました。そして、ハープ教師のミス・ベルに恋してしまったんです。ミス・ベルもこのビルに部屋を借りていました。まさにこの部屋です。ここで、レッスンをしていたんです。ミス・ベルもだんだんとヘロンの気持ちに心を動かされ、毎晩十一時に持ち寄った料理をいっしょに食べるようになりました。レッスンのあとも残って、ヘロンと過ごすようになったんです。水バケツや炉管に囲まれたロマンティックなひと時でした。

やがてヘロンは勇気を振り絞って、ハロウィーンの夜にプロポーズをする決意をしました。前日、ヘロンはミス・ベルにとても大切な話があると言い、当日はバラの大きな花束とワインを持って、会社にきました。ところが、ミス・ベルは現れなかったのです。

理由は簡単です。ミス・ベルは当然のことながら、毎晩のデートですっかり睡眠不足になっていたので、いつも七時から十時のあいだに音楽室で仮眠をとっていました。うちに帰る時間が惜しかったからです。毎回、ちゃんと起きられるように、お父さんに頼んで、自分の電話に目覚し機能を持った機械をつけてもらっていました。お父さんは、電話を発明したグラハム・ベルの遠い親戚だったんです。毎晩十時に電話がかかってくるようになっていました。ミス・ベルは控えめで恥ずかしがりやの女性だったので、ビルのレッスン用の部屋で寝ているから、起こしてほしいだなんて、ヘロンに言えなかったのです。

ところが！ まさにその大切な夜に、電話の接続がうまくいかなかったのです！ ミス・ベルはそのまま眠りつづけました。当時、電話はまだ使われはじめたばかりでした。

ヘロンは待って待って待ちつづけました。そしてとうとう、悲しみと嫉妬に狂い、ミス・ベルのうちに電話をかけて、彼女がいないことを知ったのです。そして、裏切られたのだと思ってしまった。彼は非常口へ走っていって、身を投げました。バラの花束とワインを抱えたまま。

デイジーもそのあとを追うように、やせ衰えて亡くなってしまいました。その日以来、二人の幽霊はグライムズビルに取り憑いているんです。ヘロンは自転車でむなしいパトロールをし、ミス・ベルはレッスン用に借りていた部屋でハープを弾きつづけています。なのに、二人は決して出会うことはない。そして、ウィリアム・ヘロンの幽霊に会った人間はみな、五日以内に、彼と同じ非常口から身を投げてしまうんです」

ミス・ゴールデンはいたましげにジェイソンを見つめた。

「そういうことなら、時間を無駄にするわけにはいかない」ジェイソンは即座に、そして熱烈にミス・ゴールデンを抱きしめた。ピンストライプの上着に彼女の細くてやわらかい髪が広がるのを見ながら、ジェイソンは続けた。「とは言っても、まったくくだらないよ。第一に、ぼくは非常口から飛び降りたりしない――」ところが、そう言いながらも、ジェイソンは震えをおさえなければならなかった。昨日の夜、彼をつかんだ冷たい手の感触を思い出したのだ。「第二に、二人の幽霊が五十年も無駄にこのビルで過ごして、一度も出会えていないなんて、あまりにバカげてる。この件はぼくたちでなんとかしなきゃ、ベレニス。せっかく新しい幸せを見つけたんだ、ほかの人にも分けてあげよう」

ジェイソンが熱いキスをすると、二人が寄りかかっていた電動タイプライターがカタカタカタカタと情熱的なおしゃべりを始めた。

ジェイソンは腕時計を見た。「さっそく今夜、不幸なカップルの行きちがいを正してあげよう。そして、もし本当に、ぼくに五日しか残されていないなら、あとは毎日いっしょに過ごさなきゃ。もちろんそんなことはこれっぽっちも信じちゃいないけどね。ぼくのすてきなベレニス、これ以上ないっていうくらい、もってこいのやり方で過ごそう」

ミス・ゴールデンはうっとりとうなずいた。

「きみは、交換台は使える?」ジェイソンがきくと、ベレニスはまたうなずいた。「愛しい人、きみはまさに完璧な人だよ。じゃあ、今夜十時に交換室で会おう。いっしょに夕食をとりたいところなんだけど、ひとつ二つ買うものがあるのと、空軍時代の友だちに会わないとならないんだ。交換室にいれば、きみがヘロンに呪われることもない。彼はいつも廊下にいるからね」

「いっそ、ヘロンに会って、あなたといっしょに死んだほうがいいわ」ベレニスはつぶやくように言った。

「ぼくの天使、そんな必要はないことを祈るよ。さあて」ジェイソンはため息をついた。「そろそろ今日の仕事に取りかからなくっちゃ」

不思議なことに、そんな興奮のさなかで考えたにもかかわらず、二人がその日作ったコピーは、後にも先にも、どんな広告よりオーツチップスの売りあげに貢献した。

その夜、ジェイソンはグライムズビルに、ワインを二本と赤いバラの花束を二つ、それからカンバス布で包まれた大きな包みを持ってやってきた。終業時間の前から交換室に隠れていたベレニスは、ジェイソンの持ってきたものをびっくりして眺めた。

ジェイソンはミス・ゴールデンとハグを交わしてから、言った。「じゃあ、まずぼくたちの部屋の内線番号にかけてほしいんだ」

「まさかだれも出ないわよね？」

「彼女が出ると思うんだ」

果たして、ベレニスが内線番号170にかけると、眠そうなかすれ声が、遠くから、でもはっきりと聞こえてきた。「もしもし」

「ミス・ベルですか？」

「はい」

ベレニスはさっと青ざめてジェイソンのほうを見たが、その目に促されて、交換手然として続けた。「ミス・ベル、こちらは交換台です。今、十時です」

「ありがとう」かすれ声が答えた。そしてカチャリと音がして、電話が切れた。

「うまいぞ」ジェイソンは言った。そして、大きな包みをほどくと、ついていたストラップを肩にかけた。「構内放送につなげてくれ」

ベレニスは言われたとおりにすると、大きな声ではっきりと言った。「連絡です。勤務中の夜警の方、勤務中の夜警の方。至急942号室へいってください」スピーカーの音ががらんとした廊下に反響し、やがて咳のような音を立てて静かになった。

「よし、走るぞ。バラを持ってくれ。ぼくはワインを持っていくから」

二人はいっしょに八階分を駆けあがって、942号室へ急いだ。ドアの前まできたとき、音楽が聞こえてきた。ハープの音がぐーんと大きくなり、甘く小躍りするような調べが響きわたる。ジェイソンはベレニスから花束を受け取ると、ドアを少しだけ開き、花束とワインをそっと部屋の中に差し入れた。そして、ドアを閉めると、ベレニスが息を弾ませながらたずねた。「だれか見えた？」

「ううん。音楽があふれてたから」ジェイソンの目は輝いていた。

ジェイソンとベレニスは立ち去る気になれずに、手に手を取って立っていた。なにを待っているのか、自分たちもよくわからなかった。すると突然、ドアが開いた。あとになってから、ベレニスとジェイソンがそのとき見たものを口にすることはなかった。けれども、その場を離れるとき、それぞれがサルバドール・ダリのカレンダーの絵のような鮮やかな記憶を携えていたのだ。サドルにハープとワインと赤いバラの花束を載せた自転車が、はるか彼方へ向かって廊下を走っていく、信じられないような光景の記憶を。

「さあ、いこう」

ジェイソンはベレニスを連れて非常口を出た。上着のポケットには、メドックのワインのボトルが入っている。足元では、黒い北風がヒューヒューと渦を巻いている。二人は屋根も壁もない踊り場に立つと、下を見た。

「せっかくの夜を、呪いはどうなるだろうなんて考えて、だいなしにしたくない。だから、こうするのが現実的だ。バラを離さないようにして」そう言うと、ジェイソンは恋人をしっかりと抱き、空軍の友だちに借りたパラシュートのひもを引っぱると、非常口から飛び降りた。

バラの花びらがブライダルシャワーのように降り注いで、ふわふわと降りていくベレニスを美しく彩る。クラーケンウェルじゅうを探しても、ハロウィーンの日、真夜中まであと十分というときに空中でキスをされた女の子は、ほかにいないだろう。

冷たい炎

The Cold Flame

パトリックが電話してきたとき、わたしは眠っていた。電話の音は、珍妙なジャム瓶工場の夢をスッパリと切り裂いた。工場はバラ色のレンガの地下墓地にも似て、時そのものよりも古く、ダウンズ（イングランド南東部の丘陵）の頂上の地中深くにうずもれていた。だから、起こされてむっとしたけれど、もうろうとしたまま腕を伸ばして、受話器を探り当て、耳と枕のあいだに挟んだ。

「エリス？　エリスか？」

「あたりまえでしょ」わたしはうなるように言った。「夜中の三時に、ほかにだれがわたしのベッドにいるのよ。いったいどうしてこんな時間に電話をかけてきたの？」

「ごめん」遠くからくぐもった声が申し訳なさそうに言った。「ぼくがいるところは、まだ何時かの半すぎなんだよ」海が吠えるような音が、一瞬わたしたちを引き離し、それからパトリックが言った。「……電話できるようになってすぐかけたんだ」

「で、どこにいるの？」

そう言ってから、目が覚めてきて、わたしは、答えようとしたパトリックを制した。「ちょっと！　あなたは死んだと思ってたけど！　夕刊に見出しが出てたもの、山岳事故って。じゃあ、あれはまちがい？」

「いいや、ぼくは完全に死んでるよ。火山の噴火口に落ちたんだから」

「火山なんかで、いったいなにをしてたわけ？」

「噴火口の縁に寝そべって、詩を書いてたんだ。中がどんなふうに見えるかって詩。そしたら、ちょうどぼくがいたところが崩れたんだよ。いい詩になるところだったのに」悔やんでも悔やみきれない口調だった。

パトリックが詩人だということを、説明しておいたほうがいいだろう。生前は、ということだ。自称、も付け加えたほうがいいかも。だれも、彼の書いた詩を見たことはなかった。頑として見せようとしなかったからだ。でも、本人は、ふだんの彼には見られない静かな自信を持って、すばらしい詩なんだと言い張った。それ以外、特別なところはなかったけれど、パトリックはたいていの人に好かれていた。陽気で、ひょろっとした体形で、ブルーの目はあどけなく、お酒を一、二杯飲むと、みだらで悲しい歌を歌う情熱的なところもあった。一時期、彼を好きだったこともある。だから、彼が死んだと聞いて悲しく思った。

「ねえ、パトリック。死んだというのはまちがいない？」

「もちろん、まちがいないさ」

「じゃあ、今、どこにいるの？」

「さあね。まだまわりを見てまわる時間がなくてさ。どうしても気になってることがあって。それで、きみに交信したんだ」

交信という言葉は、しっくりこない気がした。「どうして電話したの？」

「きみがそっちのほうがいいって言うなら、姿を現すこともできるよ」

彼の死んだ原因を思い出して、あわてて言った。「ううん、いいのいいの、このままで話しましょ。気になってるっていうのは、なに？」

「ぼくの詩のことだよ、エリス。出版してもらうことはできないかな？」

ちょっと気が重くなったけれど（友だちからこういう頼まれごとをされたら、だれだってそうだ）、わたしは言った。「詩はどこにあるの？」

「ぼくのアパートだよ。四つ折り判の分厚い束が、机に入ってる。ぜんぶ手書きで」

「わかった。なにができるか、考えてみる。でもね、ええと、暗いことは言いたくないんだけど、万が一出すっていう出版社がなかったとしたら――そしたら、どうする？　わたしのことを責めないって約束してくれる？　ずっとわたしのまわりをうろうろするとか、その、取り憑くとかそういうのは嫌よ」

「もちろん、そんなことはしないって」パトリックはすかさず言った。「でも、心配はいらないよ。ぼくの詩はすばらしいから。だけど、そうだな、アパートに絵があって、タンスの裏に、壁のほうに向けて置いてあるんだけどさ。実を言うと、ぼくの母親の肖像画なんだ。シャプドレーヌの作品なんだよ。まだ彼が有名になる前のものだ。七年くらい前に、母親の誕生日プレゼントに描いてもらったんだよ（もちろん、母親とけんかする前のことだよ）。だけど、母親は気に入らなくてね。見るも恐ろしいって言ってさ。だから、代わりに香水をプレゼントしたんだ。当然だけど、今じゃ、かなりの値打ちがある。サワビーズに持っていってオークションにかければ、その売りあげで詩集の出版費用くらい十分払えるよ。必要だったらってことだけど。もちろん最後の手段だよ！　あの詩はそんなことしなくたって、出せるさ。火山の詩を仕上げることができなかったのだけは、残念だけどね。口述筆記してもらうっていう手も――」

「そろそろほんとに寝ないと」わたしはパトリックを遮って言った。こちらの世とあの世の直通ダイヤルがまだないのはせめてもの救いだと心の中で思いながら。「明日、朝一番であなたのアパートにいくから。鍵はまだ持ってるし。じゃあ、おやすみなさい」

そして、わたしはガチャンと受話器をもどし、不気味な丘の地中深くに隠されているジャム瓶工場にもどろうとしたけれど、すてきな夢はもはや彼方に遠のいていた。

次の日、パトリックのアパートへいくと、先を越されたことがわかった。管理人さんいわく、オシェイ夫人がきて、息子の私物はすべて持ち去ったというのだ。

パトリックにはこの状況をどうやって知らせればいいのだろう。彼の電話番号は聞いていなかった。結局、次にパトリックのほうから電話をかけてきたときに伝えると、苦悶のさけびとしか言いようのない声が返ってきた。

「まさか母さんが！　ああ、どうすればいいだろう？　エリス、あの人はハゲワシなんだ。母親から詩を取り戻すのは、たとえ悪魔だとしたって、至難の業だよ」

「直接、話してみたらどう？　わたしにしているのと同じように。それで、詩を出版社に送るよう頼めばいいじゃない。チャット出版からきいてみるといいわ」

「わかってないな！　まずぼくは母さんのそばにいくのすら、嫌なんだ。第二に、あの人はぼくに恨みを抱いてる。ぼくが実家に帰らなくなったことが、決定打になった。だから、あの人にとっちゃ、ぼくの夢を邪魔するのが、このうえない喜びなんだ。無理だよ。きみには悪いけど、あらゆる駆け引きや交渉術を駆使してもらわなきゃならない。明日にでも、クレイホールへいって――」

「ちょっと待ってよ！　もしお母さんが――」

返事はなかった。電話は切れていた。

こうして、次の日の午後、わたしはクレイホールへ向かって車を走らせていた。パトリックの実家には、いったことはなかった。パトリックもお母さんとけんかして以来、一度ももどっていなかったらしい。お母さんには興味津々だった。それはそうだろう。パトリックの話すお母さん像は矛盾だらけだった。縁を切る前は、面白くて、きれいで、こちらの気持ちをわかってくれて、機知にとんだ世界一のお母さんだということだった。でも、けんか以降は、これでもかというくらい悪意に満ちた言葉しか聞いていない。横暴で、ユーモアを介さない、強欲非道な女性版ドラキュラみたいだ、と。

パトリックの家が近づいてくると（舗装されていない石ころだらけの急な坂道の上にあった）、あたりが少し冷えてきたのに気づいた。木の枝の葉はズタズタのボロ布のようで、地面は鉄のように固く、空はどんよりとした鉛色をしている。

オシェイ夫人はこれ以上ないというくらい歓迎してくれた。ところが、それにもかかわらず、あまり都合のよくないときにきてしまったのではないかという強烈な印象がいつまでも付きまとった。犬を洗おうとしていたか、お気に入りのテレビ番組を見ている最中だったか、ちょうど料理に取りかかったところだったのかもしれない。オシェイ夫人は小柄で美しいアイルランド女性で、カールしたきれいな白髪に、ティーローズのようなピンク色の肌をしていて、妙に引きつけられるくすんだブルーの目は石のような頑固さをたたえていた。ひとつだけ奇妙なのは、唇がないように見えることだった。ひどく青白いので、おしろいを塗った頰と一体化してしまっている。

なぜパトリックが父親の話は一度もしなかったのかは、すぐに合点がいった。オシェイ少佐は妻の横に立っていたが、ひどく影が薄かった。猫背で、目はうるみ、たるみきった印象を与える。ただ妻の意見を繰り返すことだけが、彼の役目だった。

家は、クイーンアン様式の感じのいい館で、内装の趣味もすばらしく、インド更紗がふんだんに使われ、チッペンデールの家具が置かれていたが、体の芯まで凍りつきそうな寒さだった。歯がカチカチ鳴りださないよう食いしばらなければならなかったほどだ。オシェイ夫人はカシミアのアンサンブルにパールのネックレスをつけ、氷河期みたいな温度には無頓着に見えたが、少佐の頰は真っ青になっていた。時折鼻の先に鼻水がたまるのを、シミひとつないシルクのハンカチで丁寧にふき取っている。パトリックがなぜ火山に惹きつけられたのか、わかった気がした。

面接委員のように正面に立っている夫妻に向かって、わたしは用件を説明した。まずお悔やみの言葉を述べ、パトリックの愛すべき人柄やとびぬけた将来性について語った。少佐は心の底から悲しんでいるのがわかったが、オシェイ夫人のほうは微笑《ほほえ》みながら聞いていた。その微笑みはなぜか、ひどくわたしの神経に障った。

それから、わたしは亡くなったパトリックから連絡があったのだと言って、夫妻の反応を待った。しかし、二人の反応は薄かった。オシェイ夫人の唇がわずかに結ばれ、少佐の瞼《まぶた》が悲しげなミルク紅茶色の瞳の上にかぶさった。が、それだけだった。

「驚かれないんですね」わたしは慎重に言葉を選びながら言った。「ひょっとして、こうしたたぐいのことは予想されていたとか？」

「いえ、そういうわけではありません」オシェイ夫人は言った。そして、椅子に深く腰かけると、足載せ台に足を置き、丸い刺繍《ししゅう》枠を手に取った。「ただ、うちの家系は霊能者が多いんです。こうしたことは、珍しくはありません。それで、パトリックはなんて申しましたの？」

「彼の詩のことです」

「あら、そうなの？」お母さんの口調は、消毒用アルコールみたいに無色透明だった。そして、念入りにシルクの糸を選んだが、そのとき、ちらっと足載せ台にしているものを見やった。三十センチほどもある紙の束が、犬のバスケットに敷いてあったようにも見える古い灰色のカーディガンに雑に包んである。もつれた白いテリアの毛がくっついていた。

わたしの心は沈んだ。

「詩はこちらにありますよね？　パトリックはどうしても出版したいと言っているんです」

「わたしのほうは、どうしても出版したいとはまったく思いませんわ」オシェイ夫人は言って、また神経を逆なでする笑みを浮かべた。

「そのとおり、まったくそのとおり」少佐がうなずいた。

わたしたちは話し合った。オシェイ夫人の主張はこの三点だった。第一に、これまで一族の中で詩を書いた者はいないから、パトリックの詩もどうしようもないものに決まっているということ、第二に、これまで一族の中で詩を書いた者はいないから、万が一にもありそうにないが詩が多少なりともいいとしても、出版するなんて恥ずべき行為であること、第三に、パトリックはうぬぼれやで、感謝の気持ちがなく、自己中心的だから、自分の詩が活字になるなど、彼のためにはならないこと。まるでパトリックがまだ生きているかのような口ぶりだった。

「それに、あの子の詩を見ようなんて出版社があるわけありませんよ」

「読んだんですか?」

「まさか!」オシェイ夫人は笑った。「あんなクズ同然のものに割く時間なんて、ありませんもの」

「でも、もし出版社が出すと言ったら?」

「そんな企てにお金を出そうなんて人はいないわよ」

わたしは、シャプドレーヌの肖像画を売るというパトリックの計画を説明した。オシェイ夫妻は、疑わしげな顔をして聞いていた。「肖像画はこちらにありますか?」

「あのひどい絵ね。まともな人間なら、あんなものに本が出版できるような金額を払ったりしませんよ」

「それでも、ぜひとも拝見したいと思います」

「ロデリック、ベルさんにあの絵を見せてさしあげて」そう言うと、オシェイ夫人は興味を失ったように、またシルクの糸をより分けはじめた。

絵は屋根裏に、伏せて置いてあった。一目見て、なぜオシェイ夫人が気に入らなかったかわかった。シャプドレーヌの仕事ぶりは容赦なかった。しかし、絵自体はすばらしかった。シャプドレーヌの初期の黄金時代の特徴がもっともよく表れている。これなら、パトリックの予想よりも高い金額で売れるかもしれない。そう少佐に説明すると、彼の目に物欲しそうな光がよぎった。

「詩集の出版にかかる金よりも高く売れるということかな」

「ええ、もちろん」わたしは請け合った。

「妻の意見をきいてみよう」

オシェイ夫人はお金には興味がなかった。そして、また別の反対理由を出してきた。「あなたがパトリックに頼まれてきたという証拠など、ありませんよね。なのに、どうしてあなたの言うことを聞かなきゃいけないんです？」

わたしはかっとなった。怒りとこの猛烈な寒さが同時に、わたしの限界を超えたのだ。わたしは精いっぱい礼儀正しく言った。「ささやかながら息子さんのお役に立とうと思っていましたが、お二人にはまったくその気がないようですから、これ以上お話ししても時間の無駄ですね」そして、すぐさまその場を立ち去った。少佐はいささかあっけにとられたようすだったけれど、夫人のほうはまったく動じるようすもなく刺繍を続けていた。

凍るように寒いラベンダーの香りの死体安置所から、さわやかな風の吹く夜の町に出ると、ほっとした。

わたしの車は左に引っぱられるようにのろのろ走っていたが、すっかり腹を立てていたので、タイヤがパンクしていることに気づいたのは村についてからだった。降りて調べてみると、車はオシェイ夫人に呪いをかけられたかのように片側に傾いていた。

わたしはタイヤを交換する前に、パブへいって熱々のトディ（ウイスキーやブランデーのお湯割りに砂糖やシナモンなどを加えたもの）を一杯飲むことにした。わたしがすわっていると、パブの店主が言った。「お客さんはベルさんかい？　電話がきてるよ」

パトリックだった。わたしが失敗したことを告げると、パトリックは悪態をついたが、驚いたようすはなかった。

「お母さんはどうしてあんなにあなたを嫌ってるの？」

「ぼくが母親から逃げたからだよ。だから、ぼくの詩に我慢ならないんだ。母親とはなんの関係もない詩だからね。どっちにしろ、母親はろくに本を読まないんだ。父さんが手に取ろうものなら、すぐさま取り上げて、隠すくらいさ。まあ、父さんがどんな人かはわかるだろ。すっかり干からびちまってる。母親は、相手が考えてることはまるまるわかってるって思いたい人間なんだ。

そして、その考えの中心は自分だってね。放っておかれるのが怖いんだよ。生まれてこのかた一度も、部屋で一人で寝たことがないんだから。父さんが出かけなきゃならないときは、ぼくのベッドを自分の部屋に運ばせたんだよ」

わたしはパトリックが言ったことについて、思いを巡らせた。

「だけど、きみがぼくの代理人だっていう証拠の件は、簡単に解決できるよ。ウイスキーをダブルで飲んで、ペンと紙をもらって。それから、目をつぶるんだ」

わたしは気が進まなかったけれど、言われたとおりにした。それは、妙な感覚だった。パトリックがひんやりとした手でそっとわたしの手首をつかんで、動かす。最後に彼の手を握ったときの感触とのちがいに、涙がこみあげ、その重みでのどを締めつけられるような気がした。それから、オシェイ夫人の氷のような強情さを思い出し、パトリックとそっくりだということに思い当たった。その瞬間、わたしはパトリックから、そして悲しみから解放された。

再び目を開けると、パトリックの妙に角ばった筆記体で書かれた文書が出来上がっていた。シャプドレーヌを売って、その代金を詩集の出版に（必要な場合は）使用する権限をわたしに与える、という内容だった。

ウイスキーのおかげで勇気が湧き、わたしは修理工場にタイヤの交換を依頼し、再びクレイホールへ歩いて向かった。オシェイ夫妻はちょうど夕食を終えたところで、礼儀正しくコーヒーを出してくれたが、歓迎ムードではなかった。コーヒーは意外にもとてもおいしかったが、完全に冷めきっていて、クルミの殻ほどしかない金縁のカップに入っていた。オシェイ夫人は、そのカップ越しにパトリックのメッセージに目を走らせた。わたしは部屋を――北極みたいなダイニングルームを見回し、シャプドレーヌが壁にかけてあることに気づいた。肖像画から、オシェイ夫人がおだやかな敵意を宿した笑みを浮かべ、わたしを見ていた。

「よくわかりました」ようやく夫人は言った。「そういうことならば、絵をお持ちいただくしかないでしょうね」

「詩も、お願いします」

「いいえ、それはまだだめですよ。あなたがこの絵を売って、あなたの言うような大きなお金が入ったら、そのうえで詩をお渡しするか、考えましょう」

「でも、それでは――」わたしは言いかけたが、口を閉じた。言ったところで無駄だ。夫人は論理的な人ではない。彼女相手に、理を説いたところでしょうがない。一度に一歩ずつ進むのが、最速の道だろう。

　初期のシャプドレーヌの肖像画が売りに出されるという知らせは大きな話題を呼び、サワビーズでのオークションは最初から盛り上がりを見せた。絵はイーゼルに載せ、オークションの台の上に置かれていた。わたしは一列目にすわっていたが、途中で頭が真っ白になった。付け値がポンドで四桁を超えたあたりから、絵が消えはじめたのだ。背景はそのままだったが、二万五千ポンドになったころには、オシェイ夫人の姿はきれいに消えていた。値をつける人々の声にためらいが生じ、やがてしんとなった。苦情の声があがり、オークション業者は肖像画を調べ、責めるような目つきでわたしを見ると、売買の無効を宣言した。わたしは面目丸つぶれの状態でカンバスを持って帰るはめになった。その日の夕刊には、ユーモアたっぷりの見出しが躍った。「色はどこへ？　シャプドレーヌの〈白の時代〉の作品、競売不成立に」

電話が鳴ったとき、パトリックだと思って、暗い気持ちで受話器を取ったが、聞こえてきたのはフランス語だった。

「アルマン・シャプドレーヌです。ベルさんですか？」

「はい、そうです」

「一度お会いしたことがありますね、数年前です。パトリック・オシェイくんといっしょに。パリからこうして電話をかけているのは、彼の母上の肖像画に、例の奇妙な事件が起こったからです」

「まあ、それで？」

「そちらへいって、カンバスを見せてもらえますか？」

「もちろんです」わたしは少し驚いて答えた。「正確には、お見せするものはないわけですが」

「ご親切にありがとうございます。では、明日」

シャプドレーヌはフランス系カナダ人だった。ずんぐりとして、肌は浅黒く、人狼《ル・ガルー》的な魅力にあふれていた。

注意深くカンバスを調べたあと、シャプドレーヌは、パトリックと母親の話に熱心に耳を傾けた。

「なんと！　まさに正真正銘本物の黒魔術ですな！」シャプドレーヌは両手をこすりあわせた。

「最初から、あの女性にはなにかしら尋常ではない強さが備わっているとわかっていました。彼女は、心底わたしのことを嫌っていました。よく覚えています」

「息子さんの友人だったからですね」

「そのとおりです」シャプドレーヌは再びカンバスを調べてから、言った。「ぜひともこのカンバスを二万五千ポンドで買わせていただきたい。わたしの絵の中で、黒魔術にさらされた唯一の作品ですからね」

「本当にいいんですか？」

「ええ、もちろん」シャプドレーヌは、オオカミのような魅力的な笑みを浮かべた。「それで、あの母上どのが次にどんな一手を繰り出してくるか、見てみましょう」

オシェイ夫人は明らかに、パトリックの詩を巡る闘いを楽しんでいた。彼女は新しい関心事を手に入れてしまったのだ。信託勘定に二万五千ポンド入っており、詩集の出版費用が（必要だとしたら）用意できたと聞いた夫人の反応はほぼ予想どおりだった。

「でも、それじゃあ誠実とは言えないではありませんか！　シャプドレーヌ氏は親切心でカンバスを買ってくださったんでしょうけど、それでは正式な売買とは言えません。お金はシャプドレーヌさんに返さなければ」オシェイ夫人はシリコンみたいな顔で、足載せ台の上の足にますます力を入れた。

「わたしはなにがあっても受け取りませんよ、マダム」シャプドレーヌはすかさず言った。夫人を説得するために、いっしょにきてくれたのだ。どうしてももう一度、オシェイ夫人に会ってみたかったらしい。

「そういうことでしたら、チャリティにでも寄付しましょう。要するに詐欺で手に入れたお金ですからね。おろかな息子の落書きを世に送り出すのに使うなんて、問題外です」

「そのとおり、そのとおりですとも」少佐も言った。

「でも、そもそも必要かどうかわからないんですよ――」わたしは憤慨して反論しようとした。オシェイ夫人のくすんだブルーの目がぎらっと光った。すると、シャプドレーヌがすかさず、落ち着いてというように片手をあげたので、わたしは口をつぐんだ。もちろん、このわたしも夫人の嫌悪の対象になっていることはわかっていたが、それがどんなに根深いものか、気づかされたのだ。彼女の目に浮かんだまったき憎しみに、わたしは軽いショックを受けた。理不尽極まりないが、シャプドレーヌとわたしの気が合っているという事実によって、憎しみはますます増大したのだ。

「われわれの計画をマダムがお気に召さぬというなら、もうひとつ別のご提案があります」シャプドレーヌも、オシェイ夫人に負けず劣らずこの決闘を楽しんでいるようだった。わたしはなんとなく蚊帳の外に置かれたような気持ちになった。「もう一枚肖像画を描かせてもらえませんか？　そして二万五千ポンドをモデル代にするというのは？」

「フン」オシェイ夫人は鼻を鳴らした。「あなたの前の絵のことは、あまり評価しておりませんのよ」

「ひどい、ひどい代物だ」少佐もうなずいた。

「ああ、でも今度のは前のとはまったくちがいますよ！」シャプドレーヌは、ご安心をと言わんばかりににっこり微笑んだ。「七年もあれば、技法はまったく変わりますからね」

オシェイ夫人は長いあいだ躊躇《ちゅうちょ》していたが、結局は、さらなるお楽しみの機会を逃すことはできなかったのだろう。しかも、シャプドレーヌは今や、だれもが知る有名画家なのだ。

「でも、あなたのほうからこちらへいらしていただかなくちゃなりませんよ。わたしくらいの年齢になると、モデルになるためにロンドンまで出かけていくのは無理ですからね」

「もちろんですとも」シャプドレーヌは言って、それからブルッと小さく震えた。居間はあいかわらず寒かった。「喜んで」

「村のパブがたまにお客を宿泊させていたと思いますよ。わたしから話しておきます」オシェイ夫人は言った。シャプドレーヌはまた震えた。「でも、あそこには部屋がひとつしかありませんからね。ですから、あなたの分の部屋はありませんよ、ベルさん」夫人の言い方には多くの意味がこめられていた。

「ありがとうございます、でも、わたしはロンドンで仕事がありますので」わたしは冷ややかに言った。「それに、パトリックの詩を売り出す準備に取りかからないと。今日、持ち帰ってもよろしいですね？」

「え？　まあ、まさか！　絵が完成するまではだめよ」そして、オシェイ夫人は背筋がぞくっとするような純粋な悪意をたたえた笑みを浮かべた。「結局のところ、完成した絵が気に入らないかもしれませんしね」

「こんなの勝ち目はないわ！　絶望的よ！」家を出るとすぐに、わたしは息まいた。「あの女は必ずこの取引をおじゃんにする方法を見つけ出すに決まってる。なんて恥知らずな女。悪魔よ！パトリックがどうして一度でもあの母親のことを好きになれたのか、まったくわからない。シャプドレーヌさんはどうしてこんなことに付き合ってるんですか?」

「いやいや、わたしは今回の肖像画を描くのを非常に楽しみにしていますよ!」シャプドレーヌはにっと笑った。「今度の絵は、わたしの傑作になる予感がしているんです。ただし、あの家はもう少し暖かくしてもらわないと。たとえそのために、トラック一台分の丸太を買うはめになってもね。冷凍庫の中で仕事はできません」

どうやってか、シャプドレーヌはそれを成し遂げた。わたしが担当している雑誌に写真入りの記事を載せるため、写真家といっしょにオシェイ夫人の家へいくと、居間は様変わりしていた。画材が散らばり、暖炉では火がぼんぼん燃えさかって、温室みたいな温度になっている。オシェイ夫人は、慣れない贅沢《ぜいたく》に耽《ふけ》る機会を最大限に生かし、暖炉のすぐそばにすわって、足はいつもどおり、カーディガンに包まれた足載せ台にがっちりと載せていた。かなりご機嫌のようすだ。少佐の姿は見えなかった。どこか家の遠い場所へ追いやられているにちがいない。シャプドレーヌはあまり具合がよくなさそうだった。時々咳をして、パブのシーツが湿っていると文句を言い、しょっちゅう暖炉に薪を足している。二人の写真を何枚か撮ったが、オシェイ夫人は描きかけの肖像画を見せようとしなかった。

「完成するまでは、許しません!」オシェイ夫人は頑として言い張った。絵はイーゼルに載せたままシーツをかけて、おじけづいた幽霊みたいに部屋の隅に置かれていた。

そのあいだも、当然のごとくパトリックは何度も電話をかけてきた。絵が遅々として進まないことに、相当苛立っていたのだ。

「もう少し早く描くよう、アルマンを説得してくれないか？　昔は、四回で一枚の肖像画を仕上げていたんだぞ」

「あなたのメッセージは伝えるわよ。でも、人のやり方っていうのは変わるものなのよ」

ところが、次の日、クレイホールにかけても、電話はつながらなかった。どうやら電話線が切れて、そのままになっているようだ。地元の交換局に報告すると、係の女性が言った。「４４６３ですね……少々お待ちください。ええ、そのようですね。少し前に消防署にかけたようです。いいえ、こちらでわかるのはそれだけです」

暗澹たる気持ちで車を出し、クレイホールへいった。警察の車と消防車で道がふさがれている。仕方なしに、坂の下で車を降りると、そこからは歩いていった。

クレイホールは煙をあげ、崩れ落ちていた。わたしがついたとき、ちょうど三体目の真っ黒になった遺体が救急車へ運ばれていくところだった。

「原因はなんだったんですか？」わたしは消防署長にたずねた。

「それを決めるのは、保険の査定人ですよ。しかし、火元が居間だったのはまちがいありませんね。暖炉から火の粉が飛んだといったところでしょう。言わせていただければ、暖炉というのは少々危険ですからね。リンゴの木の薪は――」

火の粉。そうに決まってる。パチパチと燃える薪から三十センチも離れていないところに古いカーディガンに包まれて置いてあった詩の束のことを思い出した。

「部屋でなにか紙類は見つかりませんでした？」

「切れ端すらありませんでしたよ。居間から出火したんですからね。すべてが灰と化しました」

その夜、連絡してきたパトリックは、完全に取り乱していた。

「ぜんぶ母親の仕業だ！」パトリックはかんかんになってさけんだ。「まちがいないよ、エリス。母親は初めから仕組んでたんだ。あの人はなんだって思い通りにしなきゃ気がすまない。昔から言ってたろ？　あくどいババアだって！　だけど、ぼくは負けないぞ。一度こうと決めたら、一歩も引かないのは、ぼくも同じだ。おい、聞いてるのか、エリス？」

「ごめん、パトリック。今、なんて？」わたしはすっかり意気消沈していた。そして、次の彼の宣言を聞いて、わたしの気持ちはますます沈んだ。

「ぼくが詩を暗唱するから、書き取ってくれ。一か月かそこらでできるさ。ちょっとばかし根を詰めればね。今すぐにでも、始めよう。ペンはある？　あと、紙はたくさん必要だよ。火山の詩は書きあげたんだ。だから、その詩から始めようか。じゃあ、いい？」

「うん、まあ」わたしは目を閉じた。手首をつかんでいる冷たい手が、手かせのように感じられる。でも、ここまできた以上、最後にもう一度だけ、パトリックのために尽くしてあげよう。

「よし、じゃあ始めるよ」そう言ってから、いったん長い間をあけ、パトリックはあやふやなようすで暗唱をはじめた。

炎が左右にわかれ
後方に押しやられる、その先端は――

「それは、ミルトンの『失楽園』でしょ」わたしはやさしく言った。

「わかってる……」パトリックは不機嫌な声で言った。「別のことを言おうとしたんだ。つまり――なんだか、あたりがひどく寒くなってきてさ。ああ、エリス、ひどい寒さだ……」

パトリックの声がだんだん小さくなって、消えた。同時に、わたしの手首をつかんでいた手も、氷のように冷たくなって、しびれ、それからつららが溶けるように、消えた。

「パトリック？　パトリック？　いるの？」

けれども、返事はなかった。わたしもあるとは思っていなかった。それからあと、パトリックは二度と連絡してこなかった。ついに母親に追いつかれたのだ。

足の悪い王

The Lame King

「ぼろぼろに崩れた虹なんて、食べ物としてはなんの役にも立ちませんよ」ローガン夫人は言った。「ああいうのは、苦手よ。もっと歯ごたえのあるものじゃないと」

助手席で息子の妻のサンドラがぼそりと言った。「頭がおかしいんだから、黙っててよ、もううんざり」それから声を大きくして、夫に向かって言った。「フィリップ、もう少し速く走れないの？　これじゃ、うちにつくころには、すっかり夜になっちゃうわよ。ベビーシッター代のことも、忘れないでちょうだい。まだ荷造りだって残ってるんだから」

「明日、丸一日あるだろう」後部座席からローガン氏が控えめに指摘した。

サンドラは腹立たしげにキッと斜めうしろの義父をにらみ、嚙みつくように言った。「ほかにも、やらなきゃいけないことが山ほどあるんです。荷造り以外にもね。牛乳の配達を止めて、バスターを犬のホテルに連れていかなきゃいけないし、届け出る書類も記入しないと――」

「書類の記入なら、わたしがやったのに。きみがやらせてくれればね」ローガン氏はいつもの無駄のない口調で言った。ローガン氏はかつて学校の校長だった。サンドラはこれには答えず、唇をきゅっと引き結んで、手袋をした両手を膝の上で握りしめた。そしてまた、「フィリップ、もっと急いで」と言った。

フィリップは顔をしかめ、前方から目をそらさずに、わずかに首だけ振った。フィリップは背が高くて、青白く骨ばった高潔そうな顔に、褪せたオリーブ色の瞳をしていた。「無理だよ。きみもよくわかっているだろう。高齢者を乗せているときに百キロ以上出したら、違反なんだ」フィリップは低い声で言った。

しかし、その声はどちらにしろ、母親のローガン夫人の声にかき消された。ローガン夫人は後部座席から大きな声で言った。「あら、だめよ、フィリップ、これ以上速く走らないでちょうだい！　景色を心から楽しんでいるんだから。一瞬一瞬を大切にしたいの！　どことどういうところともわからないところへ向かっているわれらがヒロインは、子どものころのことを思い出しているのよ。葉の落ちた木々や、春の朝に小川をバシャバシャわたったら、長靴の縁から水が入ってきたこと――あのだれもいない野原――」

ローガン氏が妻の手をやさしく握ると、ローガン夫人は口を閉じた。

「本当に美しいところだね。あそこにいる羊たち、気に入ったよ。このあたりの丘の形もいい」

「あとどのくらい？」サンドラは夫にたずねた。

「あと四時間ほどだよ。〈コックタワー〉に寄って、軽くなにか食べよう」

「え、どうして?」サンドラは苛立ったように言い、声を低くして続けた。「そんなの、お金の無駄よ。お義父さんたちに――」

「今はオオカミもいないものね。昔は、羊飼いたちもさぞかしハラハラしたでしょうね」ローガン夫人はうっとりと言った。「バージニアがオオカミのようにやってきた（バイロンの詩「センナケリブの破滅」の一行目。ただし、「アッシリア」が「バージニア」になっている。詩はこのあと、「on the fold（羊の囲いに）と続く。この「fold」からローガン夫人は「fold（折る）」を連想したのだと思われる）――点線で折ろうとしても、ぜったいにまっすぐ切れないのよ。これって、次の世で正さなければならないことのひとつよね」

「きっと正されるさ」夫は安心させるように言った。

「わたしの言ってること、おかしくないといいのだけど」

「ちっともおかしくないよ、わたしにとってはね。あの農場を見てごらん。盆地にぴったりとはまっていて、居心地がよさそうだ」

「これからいくところも、あんなかしら?」

「どっちにしろ、ガソリンを入れないと」フィリップが妻に言った。

「今回は本当にお金がかかるわね」妻はぶつぶつ言った。

「いつかはこなきゃならなかったんだ。それに、処理助成金が入る。覚えてるだろ?」フィリップは小声でささやいた。

「そうだけど、そうしたら、今回の経費をぜんぶ計上しないと――」

「時々、息子の妻はシコラクス（シェイクスピアの『テンペスト』に出てくる魔女）と同じ道を歩んでいるんじゃないかって思うの」ローガン夫人が心ここにあらずといったようすで言った。サンドラが実際に言っていることはわからなくても、その口調に含まれたものを感じることはあるのだ。

「ほらほら、それじゃあケヴィンがキャリバン（シコラクスの息子）ということになってしまうじゃないか」夫がやんわりとたしなめた。

「ケヴィンと別れるのはそこまでつらくありませんでしたよ。あの子ったら、いっつも船長ばかりやりたがるタイプだし、とにかく頑固でしょ！　五回髪を梳《と》かしたら、もう『行きたくない』って言い出すのよ」

「ケヴィンもだんだん成長するさ。あの子がきみの本の登場人物だったら、成長させる方法もわかったろうにね」

「ああ」ローガン夫人はため息をついた。「もうこの手で物語を生み出すことはできないの。羽みたいにバラバラになって、飛び散ってしまう。いくつか言葉を口にするでしょ――そうすると、ブーメランみたいにもどってきてしまうのよ。西洋の人間は、ブーメランのことを知らないときは、どうしてたのかしら？　電線を発明する前は、ツバメたちはどうしてたのかしらね？　言葉って本当に不正確ね――今のは、ツバメが電線を発明したっていう意味じゃないわよ――」

「ああ、もう黙って」前の座席でサンドラはつぶやいた。そのうしろでローガン氏は、妻を守るように肩を抱いた。ローガン夫人は、意識がはっきりしたようすで、あちこちからはみ出た白い髪をなびかせながら、飛ぶように走っていく車の窓の外を幸せそうに眺めた。「こんなにたくさんの緑を見たのは十年ぶりかしら」ローガン夫人はささやいた。年老いた夫は穏やかな愛情のこもった目で妻を見つめた。時折その顔を、広大な野原の上を飛んでいくジェット機のようにつらそうな表情がよぎったが、またすぐに穏やかな表情にもどった。

「あそこだよ。ここで一度、休もう」フィリップが言った。

前方に〈コックタワー〉が見えていた。白くて四角い柱のような塔で、上部は胸壁のような凸《おう》凹《とつ》になっており、壁面は下まで赤いジグザグ模様が描かれている。広い駐車場にはびっしり車が停まって、ピカピカ輝いていた。

「お店に近いところに停めてちょうだい。お義母さんたちがよろよろ歩くのに付き合ってたら、二十分は余計にかかっちゃう」サンドラはぶつぶつと言った。

「できるだけ近いところに停めるよ」フィリップは眉を寄せて言うと、うしろの二人に言った。「母さん、父さん、軽くなにか食べる？　紅茶？　サンドイッチ？」

フィリップは陽気な声を出そうとした。

「いやいや、いらないよ。わたしたちは大丈夫だ。腹は減ってない。無駄遣いしなくていい」けれども、母親が大きな声で言った。「ええ、そうね！　おいしいお紅茶と最後のロックケーキをいただきたいわ。千歳の岩《ロック・オブ・エイジス》よ、われを隠せ（賛美歌）……『最後のロックケーキ』というタイトル……あの一時期なら売れたんじゃないかしら。今なら、『最後のクロワッサン』のほうが今風ね。クイーンの駒を取って（クロワッサンからチェスの指し手アンパッサンを連想したと思われる）。ボヘミアにいる夫はチェコ人の相棒《メイト》ね。ああ、気の毒な奥さんが泣くわ、わたしはただの空白の小切手《チェック》にすぎないもの。役立たずで、〈死の家〉に運ばれていくだけ」

「お義母さま、ちょっと黙っていただけます？」サンドラが恐ろしい形相で振り返り、歯を食いしばって言った。

「気にしないでちょうだい。どうせいっしょにいるのも、あとちょっとだけでしょ。石ころだらけの道のりだったけれど、明日の今ごろ、あなたがたはイビサへ向かっているんだし――」

フィリップは駐車場を縫うように走りながら、真剣な顔で目を右へ左へと走らせていたが、空いたばかりの正面入り口に近い場所にアルゴンキンを素早く停めた。

この時間の軽食カフェは半分ほどしか埋まっていなかった。ほとんどの客は、いちばん上の階で三品のスペシャルコースを食べていた。

「お母さんたちはここに」

　フィリップは両親をガラステーブルの窓側にすわらせた。

「ぼくとサンドラでカウンターへいって、適当に注文してくるから。なにがいい？　バタートースト？」

「ロックケーキよ」ローガン夫人はため息をついた。「ロックケーキだけでいいわ。リンマウスへハネムーンにいったときのことを思い出すのよ」

　ローガン氏は、紅茶だけでいいと言った。そして、そっと脇腹に手をあてた。それに気づいて、ローガン夫人はまたため息をついたけれど、なにも言わなかった。

　テーブルには、パンくずの載ったお皿やくしゃくしゃに丸めた紙ナプキンや飲みかけのコップなどが置きっぱなしになっていた。窓辺に、油のしみだらけでページの端が折ってある文庫本がある。

「おや、見てごらん」ローガン氏は本をひっくり返した。「おまえの本だよ。『短い帰り道』だ。これはまた、すごい偶然だな。いい前兆だよ。そう思わないか？」

　二人はうれしくなって、顔を見合わせた。

「その本を書いたときは、まだ二十五歳だった」妻はため息をついた。「フィリップをすでに妊娠していて……いったいどうして書けたのかしら。わたしったら、なにを考えてたんでしょうね。今となっては……」

ローガン夫人は愛情をこめてそっと本を手に取ると、表紙のバカげた絵を見てにっこりした。

「中身とはぜんぜん関係ない絵ね。でも、じゃあどんな絵ならいいのかしら？」

そのとき、小柄な老人が足を引きずりながら二人の横を通りかかった。どっしりとした金属のトレイには、白く泡立った黒ビールとつやつやしたバースパン（バースの名物の甘いロールパン）が載っていた。

「それ、おいしそうですね」ローガン夫人は老人に親しげに話しかけた。「わたしも黒ビールを頼めばよかった。それと、バースパン……びっくりなんですけどね、見つけたんですよ、わたしが昔書いた本を見つけたんです。お店の窓辺に置いてあったんですよ。それってすごいことだと思いません？」

「たしかにねえ！」黒ビールの老人は言って、ローガン夫人ににっこり微笑《ほほえ》んだ。「ってことは、あんたは本を書く人なんだね？」老人のしゃべり方にはわずかな訛りがあった。ウェールズかしら、とローガン夫人は考えた。それとも、スコットランド？

「ええ、昔は。『ジュネス・ドレ（フランス語から。金持ちで流行に敏感な若者たちを指す言葉）』の時代にね。ド、レ、ミ、ああ、失われた日々――」ローガン夫人はそっと小声で歌った（アーサー・サリヴァンと作詞家W・S・ギルバートによる喜歌劇「近衛騎兵隊、または従者とその女中」の一節）。

「スープもすすらず、パンくずも望まず」トレイを持ったまま老人がいっしょに歌った。「男は、レディへの愛にため息をつく」

「まあ！」ローガン夫人は驚いて、うれしそうな声をあげた。「思い出したわ――その、だれだったかしら、わたしが昔知っていた人に似てらっしゃるの――」

「わたしもまったく同じことを考えていたところだ！」夫も言った。「ええと、だれだったかな――」

三人は、いても立ってもいられない気持ちで顔を見合わせた。

「いつだったかしら？　どこだった？」ローガン夫人がつぶやく。

ところが、ちょうどそのときフィリップがトレイを持ってもどってきた。うしろから、サンドラがもうひとつトレイを持ってやってくる。

「失礼」老人はそっけない口調で言うと、黒ビールを持ってさっさといってしまった。

「もう、お義母さんったら、誰彼かまわず話しかけなきゃ気がすまないんですか？」サンドラは姑《しゅうとめ》の前にガチャンと分厚い陶器の皿を置いた。皿の上には、ぺしゃんこのマカロンが載っている。灰色の生地の部分が九十パーセントで、真ん中に薄茶色の物体がかろうじて挟まっていた。

「あら、わたしが頼んだのはロックケーキよ。これはロックケーキじゃ――」

「ロックケーキはなかったんです。ジャムタルトか、ロールパンか、マカロンだけです」

ローガン夫人は紅茶は飲んだけれど、マカロンは丁重に断った。「わたしの歯には固すぎるもの。どうぞ食べて」結局、フィリップがハムロールのあとに食べたが、お金を払ったからもったいないというだけの理由で、ひどくうんざりしたようすだった。サンドラはほとんどクレソンだけのサラダをちびちびと食べた。そして、何度も腕時計を見た。

「フィリップ、そろそろいかないと。お義母さん、お手洗いはいかれます？　いったほうがいいですよ、わかりませんからね、向こうはどんなだか――」

ローガン夫人は気の進まないようすで立ち上がり、息子の妻のあとについてハートと天使のちりばめられたピンク色のお化粧室へ向かった。

「ねえ、サンドラ」ローガン夫人の声に初めて、かすかな震えが入りこんだ。「あのね、サンドラ、おそろしいところかしら？　その、これからいくところは？」

サンドラは腹立たしげに白粉のパフで鼻をたたき、パーマのかかった髪を櫛《くし》でシャッシャッと梳かした。「おそろしい？　そんなわけないでしょう？　いつかはみんな通る道なんですよ。お義母さんだけじゃありません。わたしたちだって、順番がきたらいくんです。フィリップとわたしもね。おそろしいことなんて、ありません。さあ――ほかの人たちを待たせてしまいますからね。早くしてください！」

フィリップと父親は窓際の席で待っていた。フィリップはイライラしたようすで使ったコップと皿とナプキンを重ね、その上に文庫本をタイトルも見ずに置いた。

「女っていうのは、いつも時間がかかるんだ。いったいなにをしてるんだか」

足を引きずっている老人が再びこちらへやってきて、ローガン氏に親しげに会釈した。

「〈最期の家〉にいくところかね?」

「どうしてそんなこと、きくんです?」フィリップが嚙みつくように言った。

「この店に寄ることが多いんだよ、あそこへいく人たちはね。エンドビー丘を越えるS字カーブのところにひどいぬかるみがあるんだ。気を付けたほうがいいよ。あの角で崖の下に転落した車は少なくないからね」

「ありがとうございます。忘れないようにします」ローガン氏はお礼を言った。

フィリップのほうは、見知らぬよぼよぼの老人に運転のことで注意される筋合いはないとでも言いたげにぶっきらぼうにうなずいた。ローガン氏が陽気に付け加えた。

「ちょっとした皮肉だな。おまえがわたしたちを――あの場所へ連れていくってときに、道路から飛び出して、全員いっしょにあの世行きなんてことになったらな!」

「父さん、かんべんしてくれ!」

「そうしたら、ケヴィンは孤児院行きになってしまうな」

「女性陣がやっときた」フィリップはおどけたようすで言ったが、実際はそんな気分からは程遠かった。

「孤児院ってなんのこと?」彼の母親がきいた。ローガン氏は妻の顔に緊張と不安の色が浮かんでいるのに気づいた。気を紛らわせようと、ローガン夫人は会話に飛びついた。「孤児院《ホーム》よりもひどいホームはいっぱいあるって言うわよね。ほら、短気は最大の罪だって言う人もいるでしょう。わたしも相当悩まされたけどね、そう、若いときは……」

「さあ、いこう」フィリップは言った。最大の罪に悩まされているようすがありありとうかがえた。

弱々しい黄昏《たそがれ》が訪れたころ、四人は再び車で走り出した。あたりを幾重もの靄《もや》が取り巻き、なにもかもがおぼろに霞んでいる。木々がぬっと現れ、房飾りのように垂れさがったツタが見えたかと思うと、あっという間にうしろへ遠ざかっていく。車は森の中のくねくねと曲がる坂道をあがっていった。

「向こうについたら、景色は見えるのかしら」ローガン夫人はだれかにというより、独り言のようにつぶやいた。夫は彼女の手を取り、ギュッと自分のほうへ引き寄せた。ローガン夫人はさらに独りごちた。「景色やズアオアトリ（アトリ科の十五センチほどの小鳥）のことでなにか言うと、あの人はいつも喜んでいた。今もそうかしら。本当に不思議な出会いだった。不思議な偶然。リンゴの砂糖漬け、マルメロ、スモモ、うり……うりの砂糖漬けってどんなかしら？　あまりおいしくはないでしょうね。でも、あのピクニックぜんぶがどう考えたってげんなりよ――シナモン色に輝くシロップ

（すべて、キーツの「聖アグネス祭前夜」から）。真夜中に枕元に置いておきたいものじゃないわね」

「母さん、どうか少し黙っててくれ」フィリップはイライラして言った。「このあたりは道が悪いんだ。さっきも注意されたんだよ。集中させてくれ。お願いだからさ」

「そうよね、フィリップ。もちろんそうよ。本当に悪かったわ。わたしがあなたのお荷物だってことはわかってるのよ」

道の悪い場所をなんとか乗り切って抜け出すまで、車の中はしんと静まり返っていた。後部座席の老夫婦は暗い中で身を寄せ合い、あたかも二人で一人になったかのようだ。ヘッドライトが、霧のかかった暗がりを白いV字形に切り裂いている。

そしてついに、車が止まった。

「ここなの？」ローガン夫人の声がほんのわずかに震えた。

「そうだよ」

フィリップは往路をなんとか走り終え、ほっとしたようすで足踏みをし、膝のこわばりをほぐした。そして、少し陽気すぎる調子で言った。「さあ、母さん、父さん。手続きをして、そのあとぼくたちはいくよ。急いで帰らないとならないからね。ベビーシッターが帰る時間までにもどらないと――」

老夫婦はおぼつかないようすで後部座席から降りた。

「ひとつだけいいのは、面倒な荷物がないことね」サンドラがぼそりと言った。「だけど、もう少し便利なところに造ることはできないのかしら――」

建物の中を何人かの人が歩いていくのが見えた。まわりを囲む巨大な木々にツタが絡まり、すぐそばまで迫っている。あたりは靄がかって暗く、建物の細部はなにも見えなかった。木立の中へ入っていくようだわ、とローガン夫人は思った。

老夫婦が互いにしがみつくように、手をしっかりと握りあっている横で、フィリップが机で書類に書きこんでいった。

そして――

「じゃあ、ぼくたちはもういくよ」そして、フィリップはいかにも白々しいやさしげな口調で言った。「じゃ、母さん、父さん、元気で！　体に気をつけて！　ごきげんよう。ボンボヤージュ、だね！」そして、両親の頬に軽くキスをした。サンドラは聞き取れないような声でぼそぼそとなにか言うと、夫と連れ立って足早に正面玄関から外へ出た。

「ふう！」フィリップは息を吐き、一瞬間をおいてから、エンジンをかけた。「しばらくはもうこんなことはしたくないね」

「さあ、これからはお願いだからまともなスピードで運転してちょうだい。のろのろしないでよ。帰ってから山のようにやることがあるんだから」妻は嚙みつくように言った。

「わかってる、わかってるよ――」フィリップはぐっとアクセルを踏みこみ、エンジンが甲高い抗議の声をあげた。


ローガン老夫妻は別々の方向へ案内された。

「いっしょじゃだめなんですか?」ローガン夫人は抗議した。

「ええ。大変申し訳ありませんが、絶対の規則なんです。でも、なにも心配することはありませんから――」

二人はかわるがわるに冷たい唇を相手の頬に押しつけ、老いた頬と老いたやわらかい頬を重ねあわせた。

「さあ、じゃあ、どちらへ?」

ローガン夫人は庭に建てられた小屋のようなところに連れていかれた。一方の壁が完全に取り払われ、薄暗い照明に照らされた向こうには闇と木々と霧が広がっていた。

「ここで少し待っていただけますか……そんなにはかかりませんので」

「テッドのほうが先なの? それともわたし?」

答えはなかった。それとも、ガイドは「いっしょがいいですか?」って言ったかしら? ドアが閉まる直前に?

ローガン夫人はベンチにすわって、不安な気持ちで闇を見つめた。

そんなに寒くはないわね、と夫人は思った。思ったほどは寒くない。それどころか、ぜんぜん寒くないわ。今夜は風が冷たいわね、あなた……それにしても、不思議よね、あの本を見つけたなんて。ねえ、教えてちょうだい、あなた。わたしたちは、今度はいつ会えるの？　秋に木々が葉を落とし、春にまた緑の葉をつけたら？　そうね、でも、また葉は生えるの？　木の葉のことを、人間のことのように、初々しい心でいつくしむことはできるの？（ジェラード・マンリ・ホプキンスの「Spring and Fall : To a Young Child」の一節）常に旅立つように暮らせ、ってヨークシャーでは言うけど、ヨークシャーではそんな簡単に旅立つことができるの？　質問のほうが答えよりいい。だって、道しるべのように導いてくれるから。でも答えは、投げ槍のようにその場にわたしたちを固定しようとする。テッドは食事療法のことを忘れずにちゃんと伝えるかしら？

闇の中からだれかが近づいてくる。ゆっくりと一歩一歩注意深く。足音が不規則な拍子を刻む。足を引きずっているみたい。

ウルカヌスよ、とローガン夫人は思った。でなきゃ、リチャード三世。「足の悪い王に用心せよ！　スパルタが滅びるときだ。しかし、足の悪い神はやさしく、われわれのもろさを知っている……」（デルフォイの神託から）。この行は韻律《いんりつ》が合っていないわ。詩脚が多すぎる。三本脚のスツールみたい。じゃなきゃ、少な……

「ああ、そこにいたんだね」足を引きずっている老人が言った。「黒ビールを持ってきたんだよ。あと、バースパンも」

「じゃあ、やっぱりあなただったのね。最初からずっと」

ローガン夫人は目を見開いて老人を見つめた。

「ああ、ずっとね」

「ええ、ずっと」ローガン夫人はうれしそうに繰り返した。「ずっと、どんどんくだって、風下へ（デボンの民謡「トム・コブリーおじさん」の一節）」

「それだよ！」

そして、二人はいっしょに歌いはじめた。二人の声はやさしく重なり合い、優雅な懐かしいリズムを響かせた。ああ、テッドも同じくらい幸せな気持ちでいますように！　ローガン夫人は祈った。

はるか遠くのエンドビー丘で、なにかがぶつかる音が反響し、霧の闇のこちら側にもかすかに響いてきた。けれども、二人の歌い手たちはかまわず歌いつづけた。

最後の標本

The Last Specimen

七十歳のマシュー・ペンテコスト牧師には、毎月の習慣があった。〈丘の下の聖アントニオ教会〉というごく小さな教会で行われる夕べの祈りにいく前に必ず、教会まで十分ほどのところにある雑木林の傍らに愛車の年代物のローバーを十分間、停めるのだ。

聖アントニオ教会では、礼拝はひと月に一度しか、行われなかった。それ以外は、サクソン様式の石細工にドゥーエ様式の洗礼盤、頑固な手回しオルガンと二本のイチイの巨木のある、この建物は、人里離れた場所でだれにも煩《わずら》わされることなく、うつらうつらしていた。時折、偶然通りかかった観光客がふらりと入ってきて、中を見てまわることもあったが、屋根の維持に寄付を求める箱に十ペンスを入れ、草の生い茂った小さな墓地にある十九の墓をしげしげと眺めると、帰っていった。

月に一度の礼拝に集まる信徒たちの数が、六人を超えることはめったにない。雨や雪の日は、ペンテコスト牧師とオルガン奏者のミス・セドムの二人だけで教会を占領することになる。聖アントニオ教会はだれの家からも一キロ以上離れていた。バークシャーの丘陵地帯のゆるやかな斜面に抱《いだ》かれているさまは、引き潮のあと、砂のくぼみにぽつんと残った小石のようだった。

牧師の気に入っている景色はいろいろあったが、教会の弓なりにそった石瓦《いしがわら》の屋根もそのひとつだった。黒々とそびえたつ二本の立派なイチイの巨木に挟まれ、その向こうにゆったりとした灰緑色の丘腹がのぞいている。夕べの祈りの前に、小さな雑木林の横で瞑想《めいそう》するのは、この景色も理由のひとつだった。もうひとつの理由は、教区民たちへの気遣いだ。自分が祭壇に立つ前に、丘腹を横断して集まってくる教区民たちにすわって一息つく時間を与えたかった。このあたりは、左手にある雑木林のほかは、広げた手のひらのようにからっぽで、木一本生えていなかったので、遠くからでも信徒たちがコンプトン・ドリュースと呼ばれるいちばん近い村落から小道をやってくるのが、よく見えた。

四月中ごろの夕方だった。錆の浮いたローバーに乗ったペンテコスト牧師の顔には、このうえなく幸せそうな、温和な表情が浮かんでいた。午後じゅう降りつづいた雨はやみ、空は晴れていた。ツグミやヒバリやクロウタドリが、夕日の最後の光を惜しむように熱っぽく歌っている。その光は、緑がかった白い真珠《しんじゅ》のようなサンザシの芽をまばゆい銀色に変え、丘の草や生えて間もない小麦は、鮮やかな緑色に照り輝いているようだった。

ペンテコスト牧師は感慨をこめてつぶやいた。「面白いものだ。ヤマアイやニワトコやツリガネスイセンの若葉には、はっきりと青が混ざっているのだな」

牧師の趣味は、繊細《せんさい》な水彩の風景画を描くことだったから、こうした微細なところにまで目がいくのだ。

「そして、五月や六月になって春も終わりに近づくと、ますます色鮮やかになって、もっと黄色味がかった緑色が目につくようになる。ブナの若木やオークの葉は、バターのようなこっくりした色をしている。日の光がさらに強くなることと関係しているにちがいない」

ペンテコスト牧師は、農夫のベン・トレイシーがやってくるのを愛情をこめた目で眺めた。ベンは、右手に広がる大きな牧場の持ち主で、ランドローバーには羊の飼料袋が積まれている。今年の春はいつになく寒く、牧草はこの季節にしては珍しくまだまばらだった。ベンの姿を見ると、彼が毎日やってくる目的をよく知っている羊や子羊たちは、だだっ広い牧場のあちこちから迷いのない足取りでやってきた。子羊たちは磁石に引き寄せられる鉄粉のように母羊にくっついていくつもの列を成し、一点へ集まってくる。列は、牧場の真ん中近くに生えているオークの大木のところで、いったん途切れた。ペンテコスト牧師は赤味を帯びた芽をびっしりつけたその大木を、つくづくと眺めた。寒い春だったわりには、生長がずいぶんと速いのではないか？　どうして先月はそれに気づかなかったのだろう？

農夫と牧師は互いに手を振りあった。そして、ペンテコスト牧師は、信徒の最後の一人が墓地を抜けて聖アントニオ教会の入り口から中へ入っていくのを確認すると、再びローバーのエンジンをかけようとした。ところが、そのときバックミラーに一人の少女が映っているのに気づいた。ポニーに乗って、車の後方の道路をゆっくりとやってくる。と、ポニーから降りて、木につなぎ、門を抜けて雑木林の中へ消えた。

ふだんなら、そうした光景を見ても、特別関心を持たなかっただろう。しかし、二つの少々変わった点が、彼の興味を引いた。一点目は、少女にもポニーにも見覚えがなかったことだ。半径十五キロ以内に住んでいる少女なら、そしてポニーも、みな知っている自信があった。ということは、あの子はどこからきたのだろう？　そして二点目は、少女が移植ごてとかごを持っていたことだった。

そこまで急ぎはしなかったが、冷静沈着且《か》つ彼の年齢にしては素早い動作で、ポニーがトネリコの若木につながれているところまで車を百メートルほどバックさせた。そして、外へ出て、ポニーをしばし眺めてから、雑木林へと入っていった。門は開いたままになっていた。これも、心に留めておくべきことだ。閉じた唇にわずかに力が入る。中に入って門を閉めると、雑木林の真ん中を通る小道を歩きはじめた。前をいく少女は、鮮やかな青色の防寒ジャケットを着ていたので、見失う心配はなかった。どちらにしろ、歩き方はゆっくりで、なにかを探しているかのようにきょろきょろ左右を見ている。

少女がなにを探しているかは、容易に想像がついた。ペンテコスト牧師が少女に追いついたのと、彼女が目的の場所に着いたのは同時だった。雑木林の中にぽっかりとあいた日当たりのいい草むらに、二十センチから大きいものは三十センチほどある、ほっそりとした植物が生えていた。小さなチューリップをひっくり返したような釣鐘形の花をつけている。風変わりで優雅で神秘的な雰囲気があって、縦に線の入った白い花びらの縁はピンクがかった紫にうっすら染まっていた。

少女はその傍らにひざまずくと、かごから移植ごてを取り出した。

「こらこら、だめだよ」ペンテコスト牧師はうしろからやさしく声をかけた。少女は息をのんで、ぱっと振り向くと、怯えたように見開いた目で牧師を見上げた。「娘よ、それはだめだ。わかるね？」牧師は繰り返した。いかめしい口調だったが、青い目に浮かんだおだやかな表情が幾分それを和らげていた。彼を見つめる少女は、窮地《きゅうち》に追いこまれ、途方にくれて、一時的に言葉を失ったかのように見えた。

とても美しい少女で、おそらく十七歳くらいだろうと思われた。ジーンズにTシャツに乗馬ブーツという見慣れたかっこうをしている。ところが、頭には、やや滑稽とも思える、ふつうでない代物を麗々しくかぶっていた。乗馬用のヘルメットではなく、円筒形のふわふわした毛の帽子で、ストラップがついている。クリミア戦争で騎馬隊がかぶっていたシャコー帽のようだ。ひいひいおじいさんから受け継いだとか？　それとも、地元の劇団から借りてきた小道具かもしれないな、と牧師は鷹揚《おうよう》に考えた。若い人は、手のこんだ服を着るのが好きだからな。近くまでいくと、やはり知らない顔だと確信した。このあたりの子ではない。澄んだ美しい目は緑がかった金色をしていて、さっきまで眺めていたオークの若葉の色に似ている。髪は、例のシャコー帽の下からのぞいているところしか見えないが、やはり同じように、はっきりと緑の色合いを帯びていた。パンクファッションってやつだな、とペンテコスト牧師はいかにも知ったふうに考えた。最近の子どもたちは、びっくりするような色に髪を染めている。緑くらい、たいしたことはない。ピンクも、オレンジも、ライラック色の髪だって見たことがあった。

少女はあいかわらずなにも言わずに、移植ごてを握りしめたまま、怯えたようすで、ばつが悪そうに彼を見つめている。

「野生のフリチラリアは珍しいんだ。とってもね」ペンテコスト牧師はおだやかな声で少女に説明した。「だから、だめなのだよ。まちがった行為だ、その花を掘り出すのはね。それに、もちろん法にも違反している。知らなかったかな？　そもそも、どうしてそんなに貴重な花になっているのだと思う？」牧師は、少女が気持ちを落ち着けられるよう、ゆっくりと時間をかけて話した。「なぜかと言えば、きみのような人たちが、フリチラリアが生えているところを探して、掘り出してしまうからだよ。そうしたい気持ちはわかる。いや、本当によくわかるんだ！　だが、掘り出すのはだめだ。わかるね？」

「ああ」少女はようやく声が出るようになったらしく、ささやくように言った。「わ、わたし、ごめんなさい――知らなかったのです」

「知らなかった？　本当に？　きみはどこからきたんだね？」ペンテコスト牧師は信じられない気持ちをやんわりと隠して、そうたずねた。「このへんの子ではないね。だったら、わたしが知らないはずはない。きみのポニーのことも」牧師は考えて、付け加えた。

「ええ――わたしは――わたし、とても遠くからきたのです。その――」少女は一瞬ためらい、深く悔いたようすでおどおどと続けた。「使いで――つまり、植物の標本を集めてくるように、と。これが最後だったのです――つまり、あとはぜんぶ、ひとつずつ手に入れましたから」

なんということだ、とペンテコスト牧師は心の中で驚きの声をあげた。そこには、もちろん不愉快な思いもあった。あとはぜんぶ、だって？　それから、声に出して言った。

「学校の課題ということかな？　ふむ、がっかりさせて悪いが、この貴重な一画から花を採ることは許されない」そして、少女の落ちこんだ顔を見て、続けた。「だが、ひとつ、提案しよう。いっしょにきて、聖アントニオの礼拝に出れば――いや、もちろん、外で待っていてもいいが」と、牧師はやさしく付け加えた。「そのあとで、チルトン・パセリにある牧師館にいこう。幸い、うちの小道に沿って作った花壇にフリチラリアがずいぶん植えてあってね。喜んできみのコレクションに一株、進呈しよう。それでどうだね？」

少女はゆっくりと言った。「ええ、とてもありがたく存じます、牧師さま。心から感謝いたします」少女はずいぶんと格式ばった言い方をした。聞くかぎり、英語は英語だが、アクセントからすると、外国人かもしれない。十九世紀のイントネーションで話す貴族の老婦人から習ったかのような、非常に正確な英語だった。「でも、もどってくるようにと言われておりまして――」少女はちらりと空を見て、それから腕の時計を見た。「七時までに。それでも――?」

牧師はにっこり微笑《ほほえ》んで、うなずいた。「それなら、時間は十分ある。夕べの祈りは長くはならないからね……そう言ったことに関しては厳しいのかね、つまりきみの学校では?」

少女は顔を赤くした。

ペンテコスト牧師は、門のほうへもどりはじめた。待っている信徒たちのもとへ急いでいることがあまりあからさまにならないようにしつつ、少女がちゃんとついてくるのを確認しながら歩いていく。しかし、少女に逆らうようすはなく、おとなしくあとからやってきた。雑木林の門を出ると(「必ず門は閉めるように」ペンテコスト牧師は感じよく、しかしきっぱりと言った)、少女はポニーにまたがり、牧師は車に乗った。「うしろからついておいで」牧師が窓から白髪の頭を出して言うと、少女はうなずいて、毛むくじゃらのポニーの脇腹を蹴った。サンザシの若葉のあいだから漏れる夕日のためだろうが、ポニーのごわごわした毛も明らかに緑の色合いを帯びていた。「教会まではすぐだ」そう伝えるためにまた窓から顔を出すと、車が大きくふらついた。

少女はうなずいて、もう一度ポニーの脇腹を蹴った。ずいぶんと小さいポニーだったが（シェトランドの雑種だろうか?）、そのわりには、かなりのスピードで走ることができた。

少女が礼拝に出ることは期待していなかったが、少女は黙って墓地門にポニーをつなぐと、耳元でなにやら励ましのような言葉をかけてやり、牧師のあとを追いかけてきた。興味深そうにきょろきょろと墓地を見回している。それから、ふいに不安がこみあげてきたらしく「この服で中に入って大丈夫でしょうか?」と、教会の扉のところで心配そうにささやいた。

「まったく問題ないよ」牧師はつやつやしたシャコー帽に向かって微笑んだ。「聖アントニオ教会の集まりは形式ばらないものなんだ」

少女は牧師のあとについてそっと中に入ると、遠慮がちにうしろの席にすわった。

礼拝のあと（牧師の言ったとおり、二十五分ほどで終わった）、牧師は六人の信徒たちと親しげに言葉を交わし、それぞれが野や畑を越えた向こうの住まいへ帰っていくのを、手を振って見送った。それから、ポニーに乗って門のところで待っている少女に向かって言った。

「さて、ではまたわたしのあとについてきてくれ。ゆっくり走るようにするから。きみの優秀なポニーなら、十五分以上はかからないと思うよ」

少女はうなずき、二人はまたさっきのように、時速三十キロちょっとで走る牧師の車のあとを、少女とポニーがさして大変なようすもなくついていく形で進んでいった。

ペンテコスト牧師は運転しながら、いろいろ思い返した。夕べの祈りのあいだは、いつものように完全に礼拝に集中していたが、時折、少女の声が耳に届いた。特に、ミス・セドムのお気に入りの賛美歌「御身に栄えあれ、わが神よ、今宵も」のときは、よく聞こえたので、少なくともキリスト教の儀式には通じているのだろうと思われた。それとも、物覚えが抜群に早いのだろうか。もしくは、指導を受けているということも考えられるのでは？　つまり、継続的に、その――彼女をここへこさせたなんらかの機関から？　少女には、あまりにもおかしなところがたくさんある。しかし、危険かということに関しては、まったくないと確信していた。

月桂樹に囲まれた牧師館は湿気が多く、ところどころ崩れかかっていた。ペンテコスト牧師はいつもの習慣でぐるりと裏に回って、苔に覆われた庭に車を止めた。

「ポニーは、そこの踏み台（馬の背に乗るためのもの）につないでおくといい――」ペンテコスト牧師は古い厩のほうを指し示した。「さて、カソック（牧師が日常着用する足まで達する長い法衣）を脱いで裏口に置いてくるよ――それから、移植ごてを持ってこよう。いや、その必要はなかったね。きみは持っているんだから」少女のこては実際はレンガ職人が使うものだが、問題ないだろう。「では、ついておいで」

牧師館の庭は、伸びすぎた月桂樹の生垣の向こうにあって、昔ながらの花や木々が見事なまでに生い茂っていた。この百年のあいだ、草木は枝や葉を伸ばし、どんどん殖えて、われこそはこの庭の支配者になろうと闘いを繰り広げてきたのだ。そのため、全体で見ると、小さくきゃしゃな植物ほど割を食うはめになったが、ペンテコスト牧師はフリチラリアをこよなく愛していて、丹精をこめて世話をしていた。はかなく美しいフリチラリアは斑入りのものも白いものも、すばらしい釣鐘形の花を咲かせていた。まわりには薄いブルーのアネモネが咲き誇り、さらにそのまわりを、一段濃いブルーのムスカリが取り巻いていた。

「なかなかない光景だろう?」牧師は愛情をこめて花を見下ろした。「フリチラリアやアネモネをじっと見ていると、慈悲深き創造主のことを信じるのは、実にたやすい。これこそが、マタイの福音書に出てくる野のユリではないかと思うのだよ。さて、この小さな、まだ芽が出たばかりの株なら、あまり負担をかけることなく移し替えることができるんじゃないかと思うよ、ええと——名前はなんといったかな?」

少女は一瞬ためらってから、答えた。「アンジラです」声が、ぎこちなくかすかに震えた。それから、少女はしゃがんで、牧師が示した株を掘り出した。牧師は道具小屋から汚れたビニール袋を取ってきたが、少女は首をふった。

「ありがとうございます。でも、それは持っていけません。花だけでけっこうです。本当に——本当にご親切に感謝いたします」

するとなにかの前触れのようなブーンというかすかな音がした。時計が時を打ちはじめる直前のような音だった。

牧師は、庭に沿って広がる牧場を見やった。青々とした牧場の真ん中に立つオークの大木は、まだ葉はないが、赤味を帯びた新芽をびっしりつけている。そのようすを見ながら、ペンテコスト牧師は考えこんだ。木の向こうで、宵《よい》の明星がくっきりと青白い光を放っている。

「その――きみは本当はどこからきたんだね？」

少女は立ち上がって、フリチラリアをかごに入れた。そして、牧師の視線の先を見やり、身構えるように言った。「名前を言っても、ご存じないと思います」

しかし、ペンテコスト牧師は、ひとたび本気になると、ごまかせない人だった。そして、彼は今、本気だった。

「詮索するようで申し訳ない。しかし、知っておく必要があることだと思うのだ。なぜ標本を集めているか、ちゃんと理由を教えてくれないか？」

少女は沈黙した。長すぎるくらいに。ペンテコスト牧師はさらに続けた。「たしかにわたしはぼんやりしたうっかり者の老人にすぎん。でも、そんなわたしでも、きみのポニーのひづめにかぎづめが生えているのにはどうしたって気づいたよ。モロプスだ！　このあたりではもう百万年以上も見られていない、先史時代の馬だ。まあ、それに、ほかにもいろいろおかしなところが――」

少女の顔は真っ赤になった。

「それが厄介だったのよ！」少女は思わずさけんだ。「こうした些細《ささい》な仕事――そう、たった一輪の花を手に入れるだけの場合、十分なリサーチ員を割り当てようとしない。わかってた、細かいところがいいかげんだって――」

「だが、なぜだね？　なんのために集めているんだろう？」牧師はしつこくたずねた。

アンジラは悲しげに牧師を見つめた。それから、言った。「そうですね――どうやらわたしたちの正体がわかっていらっしゃるようだし、どちらにしろ、もう遅いし、話しても問題ないかも――」

「ふむ。お願いするよ」

「この星なのですが――」少女は厩のほうをちらりと振り返った。「爆発するのです。あとほんのわずかで。わたしたちの科学者の計算によると、これから三クロニムのうちには――」

「クロニム？」

「そちらの時間で百時間以内だと思います。ですから、当然のことながら、わたしたちの地球博物館の所有する標本や資料の確認をして――」

「ああ、なるほど」ペンテコスト牧師は立ったまましばし考えていたが、それから、好奇心に駆られてたずねた。「それで、本当にあとはぜんぶ手に入れたのかね？　例えば、その――イングランドの教会の牧師なども？」

「ええ、残念ながら」少女はとても申し訳なさそうに答えた。「あなたのことを連れていけたら、と思います。とても親切にしてくださいましたから。でも、もう教区牧師も、首席司祭も、司教も、聖堂参事会員も、すべて所有しているのです、大司教も」

「いやいや！　誤解だよ。ここを離れようだなんて、一瞬たりとも考えていない。今の質問をしたのは——そうだな、ただ知りたかっただけだ」

再び低いブーンという音がした。アンジラはちらりと空を見上げた。

「そろそろ本当にいかないと」

「ああ、もちろんだよ。もちろんだ」

ふたりが庭を歩いていくと、毛むくじゃらのモロプスが実においしそうにニンジンの最後の一本を食べているところだった。ペンテコスト牧師の夕食用に、踏み台の上に置かれていたものだ。

アンジラはそれを見て、愕然とした。「スプヒム！　なんてことをしたの⁉」

そして、なにやら相手を咎めるようなことをまくしたてたが、地球上のどの言語ともまったくちがう言葉だった。どうやら、子音をまったく持たないらしく、楽器のオカリナが空気を振動させる音に似た混じりけのない音で構成されていた。

モロプスはうしろめたそうに首《こうべ》を垂れ、長いかぎづめのある足をぎこちなく踏みかえた。

ペンテコスト牧師はどうしたらいいのかわからず、気の毒な気持ちでいっぱいになって少女とポニーを見つめた。

　なにかを告げるようなブーンという音が、また響いた。

「こういうことかな？　つまり、きみの――ええと、連れは、そのニンジンを食べてしまったせいでここを離れる資格を失ってしまった？」

「いったいどうしてこんなことをしでかしたのか――念入りな説明を受けたんです。なににも触れるな、標本以外なにも取るなって、何度も何度も――」

「スタニスラフスキー・システム（俳優が自分の感情や経験を活かして演じる役柄になりきろうとする演技手法のこと）かな。すっかり役になりきってしまっていたんだ」ペンテコスト牧師はそう言って、冥界《めいかい》の神ハデスとペルセフォネのことを少し話したが、少女にはちんぷんかんぷんのようだった。少女はポニーの毛むくじゃらの頬骨を両手で挟みこみ、かがんで、額と額をくっつけた。そして、そのまま数分のあいだ、じっとしていた。それから、体を起こすと、牧場のほうへ歩きだした。その目には涙がたまっていた。ペンテコスト牧師は心を動かされ、また関心もあったので、あとを追いかけながらそっと言った。

「もちろん、喜んで友だちの面倒は見させてもらうよ。残された短いあいだだがね」

「あなたならそうしてくれると思います。ありがとう。あなたに――あなたにお目にかかれてよかったです」

「おそらくだめだろうが、きみたちの本当の姿を見せてもらうわけにはいかないんだろうね？」

牧師はあきらめきれずにたずねた。

「それは、無理です。単純に、あなたの目はそれに適応していないんです——」

ペンテコスト牧師はうなずいて、それを受け入れた。しかし、ほんの一瞬、彼は巨大なるもの、明るい輝き、そしてスピードの感覚を、たしかに受け取った。それから、少女は柵を飛び越え、かごを大事そうに抱えながら、牧場の真ん中のオークの大木へ向かって歩いていった。

「さようなら」ペンテコスト牧師は声をかけた。モロプスは頭を高くかかげ、小さなうなり声を漏らした。

オークの木までいくと、アンジラは振り向いて、重々しい改まったしぐさで片手をあげた。それから、低いところに生えている枝の中に足を踏み入れた。するとたちまち、枝は傘のように閉じ、色のない光を一瞬、閃《ひらめ》かせると、まっすぐ上昇し、光の中に消えた。

ペンテコスト牧師は木の柵に腕をかけ、しばらくそこに立って、金星を眺めながら物思いに沈んでいた。木が消えた今、金星が地平線の上で燦然《さんぜん》と光り輝くようすがはっきりと見えた。

牧師は賛美歌を口ずさんだ。

地のよろこびは失せ、栄光は去る
見わたすかぎり変化と崩壊だ

おお、不変の主よ、われとともにとどまれ（「日暮れて四方は暗く」から）

それから、柵の支柱の横に生えているみずみずしい草をひとつかみ引き抜くと、悲嘆にくれるモロプスのところへ持っていった。

「さあ、哀れな友よ。共にアルマゲドンを待つなら、安らぎの中で待とうではないか。ちょっと待っていてもらえるかな。うちからデッキチェアとひざ掛けを持ってくるから。ああ、それから、ニンジンを最後までどうぞ。またすぐにもどってくるよ」

ペンテコスト牧師は裏口から中に入っていった。モロプスは毛むくじゃらの口にニンジンのへたとみずみずしい草をくわえたまま、悲しげに、けれど、全面的な信頼を寄せて、牧師のうしろ姿を見送った。

ひみつの壁

The Mysterious Barricades

連なる山々の特徴は、高さだった。空と本当にくっついているように見える。見上げようとすれば、頭をぐっとそらすことになり、首が痛くなって、仕方なく横になれば、雪をかぶった山頂までやっと目が届く。あたかも雲間へ伸びる幾本もの針のようだ。

だが、その村の人たちが、山々を見上げることはなかった。赤ん坊のころ、乳母車に寝かされている時分からさんざん眺めているためだろう。歩けるようになるとすぐに、真っ白い頂や真っ暗な森に背を向け、反対にある平野のほうへよちよちと歩くようになる。山のほうへいかなければならないときは、ずっと足元に目をやっている。

ある日、男が自転車に乗って村へやってきた。見かけない顔だったので、みな、作業の手を止め、男のほうを見た。とはいえ、あからさまに見る者はいない。鍛冶屋《かじや》はハンマーを置いたが、ひもを手に取り、結び目をほどくふりをしながら、目だけ旅人のほうへ向けた。郵便配達人は、郵便受けに入れようとしていた手紙を、急に読み方がわからなくなったかのように立ち止まって見つめている。宿屋の亭主はバルコニーに出てきて、せっせとコップを磨きはじめたが、ふだん彼がろくにコップを洗わないことを、みな知っていた。

旅人はゆっくりとペダルを踏みながら、左右をちらちら眺めていた。どの家を見ても、玄関先に人が立っているか、そうでなければ、窓から身を乗り出している。しかし一軒だけ、彼に関心がなさそうな家があった。小さな平屋建ての家で、門に〈山景荘〉と書かれている。窓にはすべてレースのカーテンがかかり、ドアは固く閉じられていた。男はブレーキをかけ、その家の前で止まった。村人たちが一斉に首を伸ばし、彼がなにをするつもりなのか見ようとする。彼は庭の塀に自転車を立てかけると、門の掛け金を外し、中へ入っていって、玄関のドアを叩いた。

しばらくして、ドアが開き、つっけんどんな声がした。

「さあ、入って、ほら、早く。寒いところで待たせないでおくれ」

男は素早く、暗い玄関に足を踏み入れた。最初は、ほとんどなにも見えなかった。暖炉の火が輝いているのが見えるだけだ。二つある窓は両方とも、レースのカーテンがかかっているだけでなく、黒々と葉を広げた鉢植えが並べられ、その前に鳥かごがいくつか吊るされていた。家の中はとても静かだった。そのせいで、時計の針の音と、火がパチパチと燃える音、それから小鳥たちがのどを鳴らす音まで聞こえた。

「さてと」彼を中へ入れてくれた老女が言った。「いったいどんな用でわざわざあたしのところへ？　村にはいくらだっておせっかい焼きどもがいるっていうのに、どうして人づきあいを避けてる人間を煩《わずら》わせなきゃいけないんだい？」

「わたしはむしろ、そういう方なら本当のことを話してもらえると思ったのです。この村で最後によそ者を見かけたのはいつですか？」

「十年前の火曜日だよ」

「その男はどこへいきました？」

「山に登っていったね」

「彼はカナリアと楽譜は持っていましたか？」

「楽譜のことはわからないね。大きな革のケースは持ってたけどね。カナリアはたしかに連れていたよ」

老女がそう言うと、一羽の小鳥がぴょんぴょん跳ねながら、興奮したようにさえずりはじめた。

「あの鳥ですか？」男はじっとその鳥を見ながらたずねた。

「そうだよ、あいつだ。ピップと呼んでいる。その男が、一杯の紅茶のお礼にくれたんだ」

旅人は鳥かごのほうへいって、扉を開け、なにかの曲を数節、口笛で吹いた。すると、カナリアはそれを引き継いで歌いはじめ、最後は誇らしげな高音で締めくくって、ピョンと男の肩に飛び乗った。

「あんたのことを知っているようだね。だが、だとしても、そいつはあたしのものだよ」老女は言った。

男はポケットからカップに入った紅茶を出すと、老女に差し出した。

「わたしが買いもどします。ほかになにか、教えてもらえることはありませんか？　その男はどんなようすをしていましたか？」

「メガネをかけてたね。あと、あんたと同じようなネクタイをしていた。そして、山へ向かっていったよ。それが、彼を見た最後だ。十年は長いからね」

老女は紅茶を飲みながら、考えこんだように男を見つめた。

「わたしは十年のあいだ、彼を追いかけてきました。わたしのカナリアとわたしの楽譜を盗んだからです。そろそろ失礼します。いろいろ教えてくださってありがとうございました」

男はカナリアを頭だけ出るようにして、ポケットに入れ、玄関へ向かった。

「ちょいとお待ち」老女は言った。「紅茶のお礼に、ひとつ忠告しておこう。あの山は危険だ。あの山へ登って、もどってきた者はいない。山の上には、巨大な足を持つ獣たちが住んでいると言われている。風よりも速く飛べるそうだ」

「でも、ほかに選択肢はない。いくしかありません」旅人は言った。

「十年前に、その男も同じことを言っていたよ」老女はぼそりと言うと、首を振った。「ひみつの壁とかいうものの話をしていた。どうしても見つけたいって」

「本当に？　あの山で？」旅人は声をあげた。興奮と好奇心で顔が輝いている。

「あたしが知るわけないだろう？　ただあの男がそう言っていたってだけだよ。あたし自身は、ひみつの壁なんて聞いたこともないね。そもそも、なんのことかもわからないよ」

「〈コウムイン〉が、退職したあといくところですよ」旅人は心ここにあらずといったようすで言い、考え深げに黒と赤のネクタイを指でなぞった。それは、タイプライターのインクリボンでできているように見えた。「では改めて、ありがとうございました」

旅人は門のほうへ歩いていって、片足を自転車にかけた。

「そんなのじゃ、山には登れないよ。ここに置いておいき」

「こいつは、三十三段変速ギアがついてるんです。どんな坂だってあがれますよ。垂直じゃないかぎりね」旅人は大声でそう返すと、ゆっくりとペダルを漕ぎはじめた。村人たちは、旅人が前を通り過ぎるのを見ていたが、そのあとはもう、そちらを見ることはしなかった。山が視界に入ってしまうといけないからだ。そして、老女のところへ、男の話を聞きにいった。

しかし、老女は「コウムインだったそうだよ」とだけ言った。

「コウムイン！」村人たちは自分の靴を見て、唾を吐くと、それぞれの家へもどっていった。

そのころ、旅人は広大な森に覆われている山のふもとまできていた。三十三段変速のギアを二速に入れると、ライトをつけ、果敢《かかん》に山道を登りはじめた。道は走りやすかったが、めったに通る者がいないのか、松の葉がじゅうたんのように敷き詰められている。はるか頭上では木々が互いにため息をつきあい、さらにその上の、ぐっと張り出した山の肘がこちらへのしかかってくるように感じられた。

やがて雪の積もっているところまでくると、凍った路面で車輪がすべり、ぐらつきはじめた。旅人はサドルバッグからチェーンを取り出し、苦労して車輪に取りつけた。おかげでだいぶ走りやすくなったが、進むスピードはぐんと遅くなり、そのうち日が沈みはじめた。松の森の中は、すでにほとんど真っ暗だ。旅人は今夜はここで止まることにして、自転車を木にもたせかけた。バッグから防水シートを取り出して、自転車にかけ、おおざっぱなテントのようなものを作り、その下にもぐりこむ。そして、ポケットからまたカップとビスケットを取り出し、紅茶を飲んで、ビスケットはカナリアと分け合うと、眠りについた。

おそらく二時間ほど眠ったころだろうか。森の上のほうからおそろしい吠え声がして、男は目を覚ました。まるで人間の叫び声のようだったが、それよりも千倍大きく、はるかに悲しげだった。

旅人は立ち上がろうとして、自転車を防水シートごと倒してしまった。眠っているあいだに、雪が激しく降ったようだ。彼の足跡はすっかり消え、防水シートには十数センチの雪が積もっていた。あたりは再び静まり返っている。旅人はおそるおそる一メートルほど先までいき、左右を見回して耳を澄ませた。すると、なにかが目に留まった。足跡だ。そちらへ見にいった旅人は、さっと青ざめた。

動物の足跡だ。なんてデカいんだ！　彼の足がゆうに四つは入りそうだ。ほかにもないかと見回すと、足跡は、五メートル近い間隔で点々と続き、彼のテントのまわりを一周したあと、山の上のほうへ向かっていた。

「もういってしまったんだろう。どんな動物かはわからないが」そうであることを祈りつつ、旅人は考えた。が、まさにその瞬間、再びあのおそろしい声がした。さっきよりも近い。それは嘆きの声のようでもあり、こちらを脅しているようでもあった。木々のあいだに反響し、もはやどこから聞こえたのか、わからなくなる。自転車を置いた木のところへもどり、縮こまると、血走った目で四方を見回した。カナリアは怯えた甲高い声で鳴きつづけている。

それから、じわじわと自尊心が頭をもたげた。

「しっかりしろ。わたしはコウムインだ。今の姿を部下たちが見たらどう思う？　局長にどう思われるだろう？」そして、彼は、新人が最初に公務についたときに習う詩を暗唱した。

常に役に立ち、決して慌てず

常に意欲的に、決して迷惑がらず
公に尽くせ、ゆっくり、でも確実に
いつも笑顔で、たとえ悲しくても、具合が悪くても
道をそれず義務を果たす、それこそ
コウムインが目指すこと

おかげで元気が湧いてきたので、どうせもう眠れないだろうと思い、男は防水シートをたたんで、カナリアにビスケットのかけらをやると、再び自転車で山道へもどった。ギアを三十速に落とし、坂道を登りはじめる。

するとまた、さっきの声が木々のあいだにこだました。泣いているようだ。「ううう、ああ、うううううう！」

男はハンドルの上にぐっと身を乗り出し、ペダルを漕ぎながら、暗唱を続けた。

「第一階級。ステップ1、年十ポンド。ステップ2、十ポンド十二シリング、ステップ3、十ポンド十五シリング、ステップ4、十ポンド十九シリング。ステップ5、十ポンド十九シリング六ペンス。第二階級。ステップ1、年十一ポンド。へんだな、あそこにある木はどうして雪が積もってないんだ？　結婚している男への手当、妻、十シリング。第一子、五シリング。第二子以降

二シリング六ペンス。反対側にも木があるぞ。まったく同じ形だ」

二本の木は地面に沿うように生え、少ししたところで、今度は上向きに伸びていた。どうも気に入らない。両方とも黒々としていて、道を挟んでまったくの対称を成している。すると、ふと嫌な思い付きが浮かんできた。あれが脚だったら？　でも、松の木くらいある脚なんて、聞いたことがない。それに、脚だとして、胴体はどこにあるんだ？

男はおそるおそるうっそうと生い茂った枝のほうを見上げた。夜が明けるにつれ、森のまわりはうっすらと白みはじめていたが、頭上の枝は黒々と生い茂り、その柱のような二本の木に支えられているようにも見える。男は片足を地面におろし、首をそらして、むなしく上を見透かそうとした。木の葉が茂って暗くなっているだけなのか、それとも、なにか巨大なものがこちらに身を乗り出しているのか？　じっと見ていると、それはふいにぐっと下がってきて、次の瞬間、巨大な淡い色の目が、憂《うれ》いと悪意をたたえ、ひたと彼を見据えた。

一気にアドレナリンがほとばしり、ギアを二十二速に入れ、走り出す。首元に熱い乾いた息がかかるのを感じながら、必死で坂道をあがっていく。心臓が今にも破裂しそうだ。すると前方に光が見え、それからすぐに、彼は森から飛び出した。新雪をバリバリと砕きながら、なおも走る。ぐっと前に突き出した頭のてっぺんが、登ってきた太陽の陽ざしでじわりと温かくなった。

うしろからは、なんの音も聞こえない。とうとう彼は自転車を停め、振り返った。なにも見えない。遠くのほうで、木々の梢が揺れているだけだ。あの化け物が、枝の陰からようすをうかがっているのかもしれない。だが、森から出る決意はつかないようだ。それに勇気づけられ、彼は再びペダルを踏みつづけ、ほどなく谷を回りこむと、森は視界から消えた。

それからあと、その日は一日山道を登りつづけ、夕方の緑色の光があたりを覆うころには、山の頂近くまでやってきた。道は峰をまっすぐ突っ切っているように見える。左右には、巨大な岩の壁がそそりたち、雪が縫い目のように残っていた。

旅人は疲れ切っていた。一日じゅうほとんど休まず、口に入れたものといえば、車輪に空気を入れたときに飲んだ一杯の紅茶とビスケットだけだ。昼間の猛烈な暑さのせいで一度は汗だくになったが、今は再び凍るような寒さが訪れつつあった。彼はブルッと震え、このまま横になって、心地よさそうな雪に埋もれたい衝動に駆られた。

山頂まではあと数百メートルほどだろう。最後の力を振り絞り、旅人はギアを九速に入れると山道を登っていったが、やがて愕然としてペダルを漕ぐ足を止めた。右側の岩壁がふいに消え、雪と雲に覆われた山の峰がどこまでも連なる、総毛だつような眺めが広がったのだ。一方、左側の岩壁はますます険しさを増しながら上へ伸び、しまいには垂直にそそりたって、てっぺんは空に霞んでいた。その壁面を走る狭い岩棚が、この先の唯一の通り道だった。

さすがの旅人もひるみ、心は沈んだ。今走ってきた道の終わりが旅の目的地であり、そこにいけば、ひみつの壁が見つかるだろうと思っていたのだ。しかし、勇気がくじけそうになったのは、ほんの一瞬だった。彼はまたすぐに、その狭い道を黙々と走りはじめた。最初は自転車が走れるほどの幅があったが、やがて道が急角度に曲がるところまでくると、自転車を降りるしかなくなった。自転車を押してじりじりとカーブを曲がりはじめたが、凍った岩の上にさしかかったときに手がすべり、自転車を崖のほうへ倒してしまった。彼は横向きになって、岩壁の突き出た部分に捕まり、自転車が下へ、下へと落ちていくのを眺めた。自転車は蛾《が》くらいになり、紅茶の葉くらいになり、ついに見えなくなった。が、深い谷底からはかすかな音の反響さえ、聞こえてこなかった。

旅人は青ざめ、ぶるぶる震えながら、徒歩で旅を続けようと向き直った。そして、驚きのあまり言葉を失った。行く手に、男が立ちふさがっていたのだ。そちらの男は背は低く、メガネをかけ、革のケースを抱えてこちらを真剣な顔で見つめていた。

旅人は長いあいだ、黙って立ち尽くした。

それから、ようやく口を開いた。「ジョーンズ！　まさかここできみと会うとは。とっくにひみつの壁の向こうへいってしまったと思っていたよ。わたしの音楽をパスポート代わりにな」

ジョーンズは首を横に振った。

「十年のあいだ、山々をさまよいつづけていた」ジョーンズは悲しそうに言った。「このごろでは、ひみつの壁など存在しないのではと思いはじめている。きみの音楽がすべての門を開いてくれると思っていたが、毎日のようにフルートであの曲を吹いても、なんの兆しも現れなかった。おそらくきみのものを盗んだ罰なんだろう」

「どうやって生きてたんだ？」旅人は憐れむようにもう一人の旅人を見つめた。

「ロールパンだよ。第三階級コウムインとしてわたしに支給されたのは、それだけだったからな。ひとつ、ほしいか？　わたしはもう見るのもうんざりなんだ」

「代わりに紅茶をやるよ」

「紅茶！」ジョーンズの目が輝いた。「そうか、きみはわたしより上の階級になったのか」そして、ジョーンズは神々の霊酒であるかのように紅茶を飲み、もう一人はパンにかぶりついて、長いあいだビスケットしか食べていなかった腹を満たした。

やがてジョーンズは言った。「さて、これからどうする？　この岩棚の上じゃすれちがうこともできないし、向きを変えようとすれば、破滅への道を辿りかねない」

「いっしょにわたしの『二本のフルートと通奏低音《コンティニュオ》のためのソナタ』を吹かないか？」さっきから革のケースをずっと見ていた旅人は言った。

ジョーンズは注意深くケースから手書きの楽譜を取り出し、旅人に渡した。旅人はページをめくり、探していた楽譜を見つけた。

「二本のフルートと通奏低音のためのソナタ ハ長調 作曲者A・スミス」

旅人たちはそれぞれのフルートを取り出し、スミスは崖の出っ張ったところに楽譜を立てかけ、二人ともが横目で見られるようにした。そして、二人は向き合って立ったまま、ソナタを吹いた。だが、最後まで吹いても、なにも起こらなかった。

スミスは悲しそうに言った。「この曲には、通奏低音《コンティニュオ》が必要なんだ。もう一度、吹いてみよう。わたしがやってみる」

ジョーンズはうまくいくとは思っていないようだったが、二人はまたフルートを吹きはじめた。するとスミスのポケットで眠っていたカナリアがふいに顔を出し、いっしょにさえずりはじめた。遠くの頂をじっと見つめ、オルガンのふいごのようにのどから空気を出し入れしている。二人の奏者はびっくりしてフルート越しに見つめ合ったが、そのままやめずに吹きつづけた。二本のフルートとカナリアの生み出す音楽は、この世のものとは思えぬ美しさだったからだ。すると、山々が震えはじめた。くぼみに溜まった雪が大きな塊となって、次々谷底へすべり落ちていく。尖塔のような岩もぐらぐらと揺れ、旅人たちが最後まで吹き終えたのと同時に、ひみつの壁が開いて、二人を受け入れた。

はるか下の村々でも、大地が揺れるのを感じた人々が収穫したテンサイを持ち、重い足取りで家へ向かっていた。トラクターはシュウシュウと音を立て、青い煙を吐き出している。しかし、男たちは顔をあげようともせず、女たちは窓に背を向けていた。だから、山で起こっている不思議な出来事を目にした者は、だれもいなかった。

お城の人々

The People in the Castle

城は、町を見下ろす険しい山の上にあった。山のふもとには、ぐるりと城壁が巡らされ、どっしりとした城門をくぐった内側に医者の家が建っていた。つまり、城へいくには、診療所の玄関を入って、裏口から庭を抜け、百段ある階段をのぼることになる。でも、わざわざそんなことをする人はいなかった。城には幽霊が出ると言われていたし、第一、好きこのんで、だれもいない崩れかけた古城を見たがる者などいない。医者が城の中をうろつきたいなら、好きにすればいいのだ。

医者は、町の人たちにかなりの変わり者だと思われていた。この若さですでに自分の診療所を持ち、常になにか書きものをし、患者に対してはかなり無愛想だった。自分の症状を説明するのに手間取ったりすると、まわりくどい言い方はやめてさっさと本題に入ってください、などとぶっきらぼうに言うのだった。

診察は、とても事務的に進められた。患者は広い待合室に並んですわり、週刊新聞や窓の外の城を眺めながら時間をつぶす。城はひとつの窓をいっぱいに占領し、ひどく圧迫感があった。患者は診療所にくると、箱から小さな番号札を引いて待つ。医者がブザーを鳴らし、電光掲示板に番号が表示されると、急いで診察室に入って、医者の機嫌が悪くなる前に息つく暇もなく症状を説明し、薬を受け取って、番号札を別の小さな箱に入れ、診察料を支払い（国営医療制度ができてからは、払わずに）、また急いで別のドアから出ると、正面の城門にもどっているという具合だった。

この方法だと、入ってくる患者と出ていく患者が、玄関や廊下で鉢合わせにならず、通路がこみあったり、流れが滞ったりせずにすんだ。医者はあまり人づきあいが好きではなかったので、なるべく早く患者を追い出して、自分の書きものにもどりたかったのだ。

その夕方は、いつもより患者が少なかった。十月も終わりに近く、一日じゅう海から吹きつけていた風も日が沈む前にやみ、かろうじて枝に残った葉が澄みわたった夕空の下でじっとぶら下がっていた。

「あなたで最後ですか？」医者はダッグスのおばあさんにイワシ油の軟膏《なんこう》を渡しながらたずねた。

「あとひとり、若い女の子がいますよ。よその人じゃないかねえ。町では見かけたことがないから」

「そうですか――じゃあ、お大事に」医者はすかさず言ってドアを開けてやると、同時にブザーを押して、次の番号を呼んだ。そのときふと、今書いている言語障害に関する論文にぴったりの文を思いついたので、回転椅子をくるりと回して、机の上のノートに書き留めた。いつもの癖で待合室のドアが開く音に耳をすましていたが、なにも聞こえないので、イライラしてもう一度ブザーを押すと、振り向いて大声で言った。

「次の方！」

そして、はっと口をつぐんだ。最後の患者はもう背もたれのまっすぐな椅子にすわり、両手を膝の上にきちんと重ねていた。

「あ……すみません。とても、静かに入っていらっしゃったものだから、ちっとも気づきませんでした」

娘は、かまいません、というふうに、軽く首をかしげた。顔はひどく白く、豊かな金髪が肩までたっぷりかかっている。その色は見たこともないほど淡く、薄暗い部屋の中で輝いて見えた。白いドレスを着て、グレーの格子縞の肩かけのようなマントをはおり、肩のところで留めていた。

「どうしましたか？」医者は、処方箋《しょほうせん》のノートのほうに手を伸ばしながらたずねた。

娘は黙っていた。

「さあ、どうしました？　話してください」医者はとげとげしい口調で言った。「そんなふうでは、一晩じゅうかかってしまいますよ」そう言ってから、医者は娘が差し出した石板を見て驚き、ひどく気まずい気持ちになった。そこには、こう書かれていた。

〈わたしは口がきけません〉

医者は一瞬、娘と同じように声を失い、彼女を見つめた。すると、娘はそっと医者の手から石板を取って、こう書いた。

〈治してください〉

声を出して返事をするのは、あたかも立場が上だと主張するようで、無作法に思えた。こちらからも石板で返事をしたい気持ちに駆られたが、コホンと咳払いをして言った。

「治せるかどうかわかりませんが、明かりのほうにきてください。診てみますから」医者が机のわきの、小さなライトがたくさん集まった診察用の照明のスイッチを入れると、少女は素直に口を開けた。医者がのぞきこんで器具を使ってくわしく調べているあいだも、全面的に信頼しているようすでじっと立っていた。

医者は驚きの声をあげた。娘ののどの奥から、なにか白いものが突き出している。ピンセットを使ってそっと引っぱってみると、どうやら長い脱脂綿の先っぽのようだ。さらに引っぱると、三十センチほど出てきたが、まだ反対端は見えない。医者はびっくりして娘を見たが、うろたえたふうもないので、さらに引っぱりつづけた。脱脂綿はどんどん繰り出され、みるみるうちに、床がこんがらがった脱脂綿でいっぱいになった。

とうとう、反対の端が出てきた。

「さあ、しゃべれますか?」医者はやや不安な気持ちでたずねた。

娘は何度か咳払いらしきものをすると、やっとのことで言った。

「少しだけ。のどが痛いです」

「これが詰まっていたんですよ。処方箋を出しましょう。脱脂綿を引っぱり出したことによる痛みでしょう。すぐによくなります。できるだけ早く、薬をもらってください」

医者は用紙に素早く書きこみ、娘に渡した。娘は怪訝そうな顔で紙を見つめた。「よくわかりません」

「処方箋ですよ」医者はイライラして言った。

「それはなんですか?」

「困ったな。いったい、どこからいらしたんです?」

娘は振り返って、窓の外の城を指さした。緑色の空に、山の上に建つ城の輪郭《りんかく》がくっきりと浮かびあがっている。

「あの城から? いったいあなたは?」

「ヘレンといいます」まだ声もかすれて、しゃべりにくそうだった。「父は王で、あの山の上にいます」医者は初めて、娘の輝くような金髪の頭に、同じくらいキラキラ光っている金の飾り輪がはめられているのに気づいた。つまり、王女ということか？

「生まれたときに、呪いをかけられたのです——そういうたぐいのことはご存じですよね？」

医者はうなずいた。

「その場に居合わせたよい妖精が、この呪いは、十八歳の誕生日に人間の医者の手によって解かれるであろう、と言ったのです」

「今日が誕生日なのですか？」

「そうです。もちろん、お城ではみんなあなたのことを知っていました。ですから、まずあなたのところへきたのです」娘が咳をしたので、医者はびっくりして咳止めのシロップを差し出した。娘はお礼を言って、それを飲んだ。

「最初から、あまりたくさんしゃべらないように。時間は十分あります。だいたい、世の中の人はみんなしゃべりすぎるんです。では、薬を処方して——」

「お持ちしましょう」と言おうとして、医者は口ごもった。ダッグスのおばあさんのところへいくみたいに、城へ薬瓶を持参することなんてできるのだろうか？

「持ってきていただけますか」少女がそう言ったので、医者はほっとした。「父も、お会いできれば喜びますから」

「もちろんです。明日の夕方に持っていきましょう」

娘はもう一度気品に満ちたようすで会釈すると、くるりとうしろを向いて、出ていった。ドアから出たのだろうか。それとも、窓から？

医者は窓辺に歩みよると、サンザシに覆《おお》われた山の上に黒々とそびえる城をしばらく見上げていた。それから、机にもどり、また書きかけの文章に取りかかったが、カーテンは開けたままにしておいた。

次の日の朝、机の上に処方箋が載っていなかったら、すべては夢だったと思ったかもしれない。処方箋を持って、薬をもらいに薬局にいってもまだ、白衣を着た女の人にいきなり、あなたは頭がおかしいです、と言われるような気がしてならなかった。

その日最後の患者が出ていったころには、日も暮れかかっていた。医者は表へ出て、大きな門に鍵をかけると、胸が高鳴るのを感じながら城に続く長い階段をのぼりはじめた。山の斜面は、ふもとより明るく感じられたが、背の高いサンザシやイバラが生い茂っていて、目の前の狭い階段のほかはなにも見えない。頂上に着いて見下ろすと、自分の家が見えた。町の家々の弓なりに反った屋根がふもとまで続き、川が蛇行しながら海までのびている。それから、向き直ってアーチの門をくぐり、城に入っていった。

最初に気づいたのは、ライムの香りだった。昼間は、この広間は草に覆われ、真ん中に大きなライムの木が生えている。でも、今は木は見えなかった。そもそも、十月にライムの花が咲いているわけがない。

中は、真っ暗だった。暗闇の中に踏みこんでいくのをためらっていると、手の中にすっとだれかの手がすべりこんできた。ほっそりとした、とても冷たい手だ。そっと引っぱられ、医者は前に足を踏み出した。目を凝らして、だれが手を引いているのかたしかめようとする。すると、万華鏡の中の模様がはっきりしてくるように、目がチカチカして、見えはじめた。

壁のあちこちに明かりが集まって、淡い光を投げかけている。その下の、広間のずっと奥に、大勢の人影が見えた。だれかが動くたびに、そこかしこで冠の宝石や金の留め金や鎧がきらりと光るのが見える。

そして、いちばん奥の台座に、王その人が、マントをはおり堂々とすわっていた。あいだに厚い影がたれこめていて、それ以上は見えない。しかしそのとき、案内役がぐいと彼を前に引っぱり出した。そのときになって、医者は手の主がヘレンだと知った。白いドレスに金のベルトと腕輪をはめたヘレンはおごそかに微笑《ほほえ》むと、王のほうへいってあいさつするよう、促した。

医者は博士号をとったときのことをぼんやりと思い出しながら、台座のほうへ進み出て、おじぎをした。

「王女さまの痛み止めのシロップをお持ちいたしました」医者はちょっとつかえながら言った。

「わが城にようこそおいでくださった。歓迎いたしますぞ。これからは、いつでも好きなときに、自由に出入りされるがよい」

これまでも自由に出入りしていたのに、と医者は思った。しかし、今夜は、これまできていたのと同じ場所とは思えない。ロウソクから流れる煙のせいか広間はぐんと広く見える。医者は顔をあげて、王さまをしげしげと見た。白く長いあごヒゲをたくわえ、鋭い目をしている。足元の椅子にヘレンがすわっていた。

「そなたは、知識を追い求める者だな」出しぬけに王さまは言った。「じきにここがすばらしい知識の宝庫だとわかるだろう。ただし、その知識が悲しみをもたらすことがないよう、気をつけるのだぞ」

医者はかすかにぎくりとした。まさに、王さまは東洋の賢者のようだと思っていたところだったのだ。もしかしたら魔術的な医学に関する彼の研究になにか役立つようなことを教えてもらえるかもしれない。

「医者はみな、知識を追い求めていると思います」医者はあたりさわりのない返事をし、ヘレンに薬の瓶を渡した。

「食事のあとに、小さじ一杯ずつ飲んでください……その、つまり……一日三回ということです」城の人たちも、ふつうの人と同じように食事をとるのかどうかわからなかったのだ。でも、ちょうど広間では、なにかの宴が催されている最中のようだった。

以来、医者は日が沈むと足しげく城へ通い、王さまや、宮廷に仕える賢くも気高い騎士たちや、ヘレンと話をするようになった。昼のあいだは、城は前と同じように、だれひとり訪れる者もなく、崩れかけた姿をさらし、ごくたまに考古学者が学術誌に載せる写真を撮りにくる程度だった。

クリスマスイヴの日、医者はのどに効く錠剤を一箱持って、山に登っていった。ヘレンののどはまだ油断はできなかった。王さまにも軟膏を一瓶用意していた。すきま風の入る寒い広間にずっとすわっているせいで、お気の毒にしもやけができてしまったのだ。

医者はヘレンに言った。「王さまを、ここからどこかよそへお連れしなくてはなりません。王さまにお会いできなくなるのは残念ですが。いったいおいくつになられるのか存じませんが……」

「千……」ヘレンは言いかけた。

「……なるほど」医者は一瞬たじろいだ。「まあ、とにかく、ここは湿気も多いし、寒すぎます。それに、ご自分ののども大事になさらないと。最初の二、三か月に、あまり無理をしないことが大切なのです。本当のところ、このお城はお二人にとって、いい場所とは言えません」

ヘレンは素直にグレーのマントを首のまわりにかけた。

「でも、わたくしたちは明日発つのです。ご存じありませんでしたか？　クリスマスから夏至の日まで、父はアビニヨンに城を移すのです」

医者はまるで足元の地面が崩れ落ちるような気がした。

「いってしまう？　みんないなくなってしまうということですか？」

「ええ」ヘレンは真剣なまなざしで医者を見つめた。

「ヘレン！　わたしと結婚して、ここに残ってください。わたしの家はとても暖かいし……あなたを大事にします。約束します……」医者はヘレンのほっそりとした冷たい手をつかんだ。

「もちろん、結婚します」ヘレンはすぐに答えた。「あなたがわたくしを治してくださったそのときから、この手も心もあなたのものだったのに。それもご存じなかったのね？」

ヘレンは、医者を父王のところに連れていき、医者は正式に結婚を申しこんだ。

「娘はあなたのものだ。止めることはできぬ。本当は、血のちがう者同士の結婚を認めているわけではないのだが。くれぐれも、娘を大切にしてくれ。ひと言でも思いやりのない言葉を口にしたら最後、娘は煙のように消えてしまうだろう。われわれは、死すべき定めの人間たちから、そのような仕打ちを受けるわけにはいかぬのだ」

結婚して、医者の家に住みはじめるとすぐに、ヘレンは別人のようになった。町の人たちは、世捨て人のようだった先生が、明るくて美しい奥さんをもらったと知って驚き、喜んだ。ヘレンは魔法のドレスを脱ぎ捨て、チェックのエプロンをつけた。そして料理を覚え、家じゅう飛び回って埃をはたき、掃除をした。新しい声は日増しに力強くなり、一日じゅう働きながら、小鳥のようにおしゃべりして、歌を口ずさんだ。

ヘレンは患者さんを怖がらせるからと言って診察室のブザーを取り止め、ドアから顔を出して患者を呼んだ。

「さあ、ジョーンズさん、あなたの番ですよ。先生をお待たせしないようにしてくださいね。もちろん、足が悪いのは、よくわかっていますよ。少しはよくなりましたか？　だんなさんの胸の具合はいかが？」

「まあまあ、奥さんは、まるでお日さまみたいな人だねえ」町の人たちは言った。

医者は、こうしたことをどう考えたらいいのかわからなかった。ヘレンに心を惹かれたいちばんの理由は、彼女の持つ魔法と神秘の雰囲気だった。以前のヘレンはとても静かで、ふるまいには近づきがたい気品があった。とはいえ、もちろんヘレンのように幸せに満ち溢れた奥さんが家にいて快適に暮らせるよう心を配ってくれるのは、とても喜ばしかった――ただ、彼女はちょっとしゃべりすぎだった。昼のあいだはそれでもよかったが、夜になって論文に取りかかる段になると、かなり閉口した。

しばらくして、医者はヘレンに映画を勧め、ディズニー映画に連れていった。ヘレンはすっかり気に入り、それからあと、医者は少なくとも週に二回は静かで平和な夜を過ごせるようになった。ヘレンはひとりで出かけるのをまったくいとわなかった。医者は家に残ったが、ヘレンはあまり働きすぎないでねとだけ言った。

そんなある晩のこと、魔法と同毒療法《ホメオパシー》（症状が出ているときに、その症状を引きおこす薬物をごく少量投与する治療法）との関連性についての章が完成に近づき、医者は、昔のように山に登って王さまと論じ合うことができたらいいのにと考えていた。そこへヘレンが帰ってきて、台所から夜食のスープを温めている音が聞こえてきた。

ほどなく、ヘレンがお盆を持って入ってきた。

「西部劇だったの」ヘレンは目をキラキラさせて言った。「主人公が小さな町にやってくるの。でね、馬商人のふりをしているんだけど、本当は変装した地方検事なのよ。そして、家畜泥棒の親分の正体が酒場の主人だって突き止めるの……」

「ああ、かんべんしてくれ。きみはしゃべりっ放しだな」医者はきつい口調で言った。それから、はっと口をつぐみ、茫然とヘレンを見つめた。

ヘレンの身に恐ろしい変化が起こっていた。華やかなプリント模様のエプロンと髪のリボンがはらりと落ち、代わりに白いドレスとグレーのマントを身につけ、魔法の力をまとったヘレンが立っていた。ヘレンは必死になって医者のほうへ両手を伸ばしたけれど、まるで引きずられるように、厚いカーテンの向こうに姿を消した。

「ヘレン！」医者はさけんだが、答えはなかった。医者はドアをぱっと開けると、どうかなったみたいに城への階段を駆けのぼった。城の中は真っ暗で、がらんとしていた。大広間の芝生は霜でカチカチに凍っていて、屋根のない塔から白々とした夜空がのぞいていた。

「ヘレン、ヘレン」その声はからっぽの壁に反響したが、答えはなかった。医者はのろのろと階段をおり、暖かい書斎へもどった。ふたつ並んだスープ皿からは、まだ湯気が出ていた。

その日から先生が変わってしまったことに、町の人たちは気づいた。以前も世捨て人のようだったが、今では完全に心を閉ざしていた。診察の時間以外は、城門に鍵がかかり、電話もつながらない。あなたの番ですよ、と呼んでくれる美しい奥さんももういなかった。今では、ぴたりと閉ざされたドアに向き合い、ドアについている小さな格子窓から、症状を説明しなければならない。説明し終わると、外の小道からもうひとつのドアのほうへ回るよう指示される。言われたとおりにいくと、表の階段の上に、必要な丸薬か粉薬と紙に書かれた説明書が置いてあった。医者はとても優秀だったので、このように不十分なしくみでも、今までどおり患者をみな治した。ドア越しでも、患者と向き合って診察する医者たちよりもむしろ症状がわかるようだったので、やり方が少々変わっていても、町の人たちはあいかわらず足を運んだ。

医者にはおかしなうわさがたくさんあったが、ひとつだけ、夜な夜な荒れ果てた城跡をさまよいながら、「ヘレン！　ヘレン！」とさけんでいるというのは、みな一致していた。そして、返事が聞こえたことはないというのも、同じだった。

二十年が過ぎた。医者はたくさんの本を書き、有名になった。世界中の大学から名誉博士の称号が贈られたが、医者は決して家から離れようとはせず、だれとも話さず、御用聞きの人にもメモで注文を出した。

ある日、医者が書きものをしていると、外の門をたたく音がした。なにかに促されるように、医者はおりていって門を開けた。外には、風変わりなようすの小柄な女の人がフードのついた黒い式服を着て立っていた。女の人は、彼を見ると、軽く頭を下げた。

「わたしは、マルガレーテ・シュプルッフシュプレッヒャー博士です。フライヘルブルク大学の学長をしております」女の人はそう言うと、医者の前に立って落ちつき払った足取りで玄関までいって、足を止めた。「わたくしどもの大学の哲学修士号を差しあげるために参りました。こちらにはおいでいただけませんでしたし、お返事もくださらなかったので」

医者はぎこちないおじぎをして、きれいに彩色された学位授与証明書を受け取った。

「コーヒーでもお飲みになりますか？　わざわざこちらまでおいでくださり、ひじょうに光栄に思います」医者はようやくそれだけ言った。

「こうしてはるばるやってきたのですから、あなたのお力になれると思います」博士は言った。「あなたは、なにかを探していますね。知識とは別のなにかを……。山の上にある、あの城の中にあると思っているなにかを？」

医者は博士から目をそらさぬままうなずいた。博士の老いた目の、突き刺すようなまなざしを見ていると、王さまのことがありありと思い出された。

「でも、もしもあなたの求めているものが、内側でなく、外側にいってしまったのだとしたら？ずっと待ち伏せしていたネズミの穴の中が、もぬけの殻だとわかったらどうするのです？」博士は笑ったが、冷たい笑いではなかった。そしてくるりと背を向けると、だぶだぶの黒い式服を風にたなびかないよう押さえながら門のほうへもどっていった。そして、門がバタンと閉まった。

「待ってくれ……」医者はあとを追ったが、間に合わなかった。博士の姿は、大通りの人ごみの中に消えていた。

医者は町へ飛び出し、狂気に取り憑かれたように通りから通りへとさまよい、自分でもなにを探しているのかわからぬまま、道行く人の顔をかたっぱしからのぞきこんだ。

「まあ、先生じゃありませんか」女の人の声がした。「先生のお薬をいただいてから、うちのテディは生まれ変わったみたいによくなったんですよ」

別の人が近寄ってきて、先生のアドバイスのおかげでおできがよくなりました、と言った。

「うちの夫は、先生に耳を治していただいたことを一生忘れないって言ってるんですよ。なにしろ、あんまり痛いんで、窓から飛び降りようかと思ったたって言うんですから」

「前から、お礼を言いたかったんです、先生。黄疸《おうだん》がひどかったときに、助けてくださったでしよう……」

「うちのジェニファーが毒を呑みこんじまったときは、本当にお世話になって――」

ふいに四方から沸き起こったお礼の大合唱に、医者は恥ずかしくてどうしたらいいのかわからなくなり、呼ばれているような気がして大きく開いた入り口に飛びこんだ。そして、外の音が届かない暗闇の中にほっとして身を沈めた。そこは映画館だった。

しかし、しばらくは、映画が上映されていることにまったく気づかなかった。それから、ようやく顔をあげた次の瞬間、走っている馬の姿に目が釘づけになった。西部劇だった。たちまちヘレンの思い出がよみがえってきて胸が締めつけられ、医者は声をあげて泣きそうになった。

「お客さま、おかけになっているのは一列目の七番ですが、お客さまのお席は二列目の三番になります」

チケットを買った覚えはなかったが、医者は素直に立ち上がり、案内の女の人のあとについていこうとした。女の人は懐中電灯で照らしてくれていたが、医者は目が涙で曇っていたせいで、つまずいてしまった。女の人は医者が追いつくのを待って、手を差し出した。

それは、ほっそりとした、冷たい手だった。その手にそっと引っぱられて、医者ははっと立ちすくんだ。そして、もう片方の手をその手にかぶせてささやいた。

「ヘレン」

「シィッ。ほかの人の迷惑よ」

「ヘレンなのか？」

「ええ。うしろにきて。そうしたら、話せるから」

映画館は真っ暗で、満席だった。ヘレンについてうしろの、城壁のようになっているところまであがっていくあいだも、まわりにたくさんの人がいる気配を感じた。

「何年ものあいだ、ずっとここにいたのかい？」

「何年も？　つい、昨日じゃないの」ヘレンはからかうようにささやいた。

「でもヘレン、わたしは年をとった。きみは？」きみが見えない。きみの手は昔と同じように若若しい」

「大丈夫」ヘレンはやさしくあやすように言った。「この映画が終わるまで待って。最終回だから。それからお城へいきましょう。父もあなたにまた会えて喜ぶわ。あなたの本をとても気に入っていたのよ」

医者は恥ずかしくて、とても自分のもとにもどってきてくれとは言えなかった。すると、ヘレンは言った。

「あなたもきて、いっしょにお城で暮らしましょう」

言葉にできない幸福感に満ち満ちて、医者ははやる心をおさえて、走っている馬を見ていた。

ヘレンのひんやりした小さな手の感触をたしかめながら。

次の日、町の人たちは城門が半開きになっているのを見つけた。医者の家はドアや窓がすべて開け放され、風がサァーッと吹き抜けていった。そのあと、医者の姿を見た者はいなかった。

ワトキン、コンマ

Watkyn, Comma

ミス・ハリエット・シブレイが、会ったことのない大伯父から思わぬ遺産を相続したのは、もう若くはないときだった。彼女は一瞬のためらいもなく、それを受け取った。銀行の仕事をやめて、ケーキを作って暮らそう、とミス・シブレイは考えた。

ミス・シブレイは生まれてこの方一度もケーキを焼いたことはなかったし、ケーキが特に好きなわけでもなかった。ときたま、マデイラケーキ（固めのスポンジケーキ）をほんの薄く切ってかじったり、プレーンの米粉パンを食べたりしたけれど、米粉パンはどんどん手に入れるのが難しくなっていた。

だからこそ、ささやかなケーキ事業を立ち上げるのよ、とミス・シブレイは得々として思った。お店を持つ必要はない。家でできるんだから。おいしいケーキのうわさはすぐに広まるだろう。

こうして、ミス・シブレイは条件に合う物件を探しはじめた。

けれども、住宅価格はどんどんあがっており、なかなか予算内の物件は見つからなかった。何か月ものあいだ、毎週土日は物件探しに費やされた。最初は小さな家を探していたのが、倉庫でもいいとなって、さらに納屋になった。最近では、廃屋同然の納屋ですら、数十万ポンドの値段がついていた。

しかし、ついに、求めていたものが見つかった。しかも、信じられないことに値段は法外というほどでもない。ミス・シブレイは、その値段がつくだけの好ましくない理由をあれこれ調べるような真似はしなかった。なにか問題が持ちあがったら、そのつど対処すればいい。いつもの即断即決で、ミス・シブレイはハズワース水車小屋を買うと申し入れた。相手方もすぐに受諾し、ミス・シブレイは地元の建設会社と契約を結んで、廃屋を住める状態にすることにした。

建物は小さな島の上にあった。片側にはニープ川が半円を描くように流れ、反対側には水車用の水路があり、三連アーチ橋がかかっていた。

水車小屋だなんてケーキを焼くのにぴったりの場所ね、とミス・シブレイは思った。

なぜ長いあいだ人が住んでいなかったのかたずねると、理由は複数にわたった。まず、ハズワース駅が廃駅になり、鉄道も廃線になって、小麦や小麦粉を運ぶのが割高になり、小麦をひくのをやめてしまったこと。それから、最後の持ち主の相続人のあいだで法的な争いが起き、一人はカナダに、もう一人はオーストラリアに住んでいたことから、紛争が何年も続いたこと。そのあいだに、だれも住んでいない小屋は、木造部が湿気でやられてしまったこと。買い手は湿気を嫌がるんですよ、と不動産屋は言った。それに対するミス・シブレイの答えは現実的だった。でも、湿気なんてものは、島に住んでいる以上、仕方ないことでしょう？　それから、木の問題もあった。まず、とてつもなく大きなヒマラヤスギの巨木。小屋の二倍はあって、橋の番人のように立っている。それから、島の上には柳が何本か。さらに、ポプラの木が、その先の牧場を覆《おお》い隠すように並んでいた。木が生えていると、暗くなる。それを嫌う人もいるのだ。

ミス・シブレイは生まれてからずっとレンガの通りに住んでいた。だから、十二本のポプラと五本の柳とヒマラヤスギの巨木を所有できると思うと、うっとりした。

でも、「幽霊」という言葉は、だれの口からも出てこなかった。

島自体は小さかった。テニスコートとたいして変わりがない。水車小屋が空き家になっているあいだに、イバラが生い茂り、雑草がはびこっていた。ミス・シブレイは荒れ果てた土地をだんだんと庭に作り替えていくのを楽しみにしていた。それまでのあいだは、建築業者がレンガや新しい材木の置き場として使うことになり、イバラは切って、踏みつぶされた。新しい排水管を設置して湿気に強い基礎を築くために、掘り起こされたものもある。男性の骸骨《がいこつ》が発見されたのは、そのときだった。

骸骨は立派な棺に入れられ、地中深くに丁寧《ていねい》に埋葬されていた。体を包んでいる紋織物は半分腐っていたが、検視官のアダムズ博士は熱心な郷土史家でもあり、注意深く調べ、祭壇布か奉献された旗だと断言した。

「ということは、遺体はおそらくここで亡くなったカトリック神父のものだと思われます。エリザベス女王の時代、彼らは迫害されていましたからね、秘密の任務中に亡くなって、ひそかに埋葬されたのではないでしょうか。遺体の年代からして、それがもっとも可能性の高い仮説だと思われます」

「でも、どうしてわたしの島に埋葬されなきゃならなかったんです？」ミス・シブレイはむすっとして言った。

「当時の粉屋、ジェフリー・ハワードは隠れ教皇派ではないかと疑われていたんです。どうやら本当にそうだったようですね。おそらく、あの時代、変装して各地を旅し、ひそかにミサを執り行っていたようなカトリック神父を手厚くもてなしていたのではないでしょうか。その際、なにかしらの不幸が起こった。ああ、なるほど、だから――」アダムズ博士は言いかけて、口を閉じた。

「それで、これからどうなるんです？」それには気づかず、ミス・シブレイはたずねた。

「ええ、もう一度きちんと、墓地に葬ってやらなければならないでしょうね」博士は明るく言った。「牧師さんはこれっぽっちも気になさらないでしょうよ。むしろ一連の出来事の背景をいろいろ調べる口実ができて喜ぶんじゃないかな」

棺とその物悲しい中身が別の場所に移されると、ミス・シブレイはそのことを頭から追い出した。カーテンの布地を買ったり、建築業者と建具のことを相談したりで忙しく、遠い昔の不幸な出来事で頭を悩ませている暇などなかったのだ。新しいキッチンはだんだんと出来上がり、広々とした立派なキッチンからは、流れこむ水で白く泡立つ水車池に柳の枝が垂れさがっているようすが見えた。南向きの大きな新しい窓からは、陽光がさんさんと射しこんでいる。あとは、最新式のオーブンがキッチンを暖かく風通しのいい場所にしてくれる予定だった。

ミス・シブレイは大きなトランクを持っていて、その中は、これまでずっと新聞から切り抜いてきたケーキのレシピでいっぱいだった。一刻も早くケーキを作りたい。ワッフル、アバディーンロール（スコットランドのアバディーンで漁師が海で食べるパンとして生まれた、ロールパンとクロワッサンの中間のようなパン）、オレンジとクルミのケーキ、ティプシーケーキ（ケーキをお酒に浸したトライフル）、スクロギンケーキ（ドライフルーツのケーキ）、アプリコットキャラメルケーキ、モカケーキ、チボリケーキ、オレンジティーブレッド、ナツメヤシのケーキ、ファット・ラスカル（ヨークシャー地方のケーキ）、カット・アンド・カム・アゲインケーキ（レーズンなどの入ったケーキ。好きなだけ切って食べてという意味の名）、はちみつとクルミのスコーンリング、ウェイクスケーキ（ヨークシャーなどでよく作られていたお菓子。ビスケットの一種）、ナッツ入りの三日月形クッキー、スグリのロールアップス（飴を平らにして巻いたお菓子）、ラムのババ（円筒形の焼き菓子にラム酒風味のシロップをしみこませたケーキ）――そういった名前が神々しい祈りのように頭の中で鳴り響いていた。

作業員の人たちが出ていくのを待とう、とミス・シブレイは思った。そしたら、ここの小さな部屋に棚を作って、レシピ本を並べよう。

よく有名人のサインを集めるのが好きな人がいるが、それと同じような熱意でもって、ミス・シブレイはレシピ本を集めてきたのだ。まだひとつも作ってみたことはないが。

作業員の人たちにやる気を出してもらおうと、ミス・シブレイはできるかぎり彼らの要望に応えた。一日に五、六回紅茶を淹《い》れて、お店で買ったビスケットを添えて出し、代わりに手紙を投函しにいったり、伝言を預かって、彼らの妻に電話したり、使い走りもした。けれども、いろいろやってみたところで、早く彼らに出ていってほしくてイライラしているのは隠しきれなかった。住める状態になったらすぐに、郵便局の上に借りている部屋から水車小屋へ移るつもりだ。ひとまず今は、毎日、島へいって、イバラを掘り出していた。だから、親方のホスキンズさんがやってきたときも、ちょうどその場にいたのだ。「奥さん、すみませんが、われわれが見つけたものをちょいと見てもらえませんかね？」

「なにが見つかったんです？」親方の口調が深刻だったので、胸騒ぎに襲われた。今度はなにが見つかったっていうの？　ペスト犠牲者の集団墓地？　基礎の下に洞窟があって、九十トンのコンクリートが必要になったとか？　地面に亀裂《きれつ》が入っていたから、高価な控え壁を五つ用意しなきゃならないんじゃないでしょうね？

「部屋でして」ホスキンズさんは答えた。

「部屋？　部屋ってどういうこと？　部屋なんてたくさんあるじゃないの」

「これまであるって知らなかった部屋なんです」生まれてからずっとこの村で暮らしてきたホスキンズさんは言った。「壁を半分あがったところにありましてね。見にきていただかねえと」

好奇心をかきたてられ、ミス・シブレイは見にいった。

その部屋は、二階の狭い寝室にある炉棚の片側にうまく隠された羽目板張りのドアから入れるようになっていた。ドアは隠れたバネで開け閉めできるようになっていたが、そのバネを作業員の一人が偶然外し、見つかったのだ。中には、狭くて暗い階段があって、あがっていくと、天井が低くて斜めになっている変わった形の小部屋に通じていた。床から、オーク材の梁《はり》が何本か、おかしな角度で突き出ている。コート用のクローゼットとたいして変わらない広さで、小さな窓から入る光がぼんやりと部屋の中を照らしていた。窓は緑がかった厚いガラスタイルでできていて、外の新鮮な空気もわずかだがそこから入るようになっていた。

「どうしてだれもこの窓に気づかなかったんです？」ミス・シブレイは問いただした。

「ツタで覆われてたんですよ。それに、張り出したひさしの下にうまいこと隠れてますからね。だれも気づきませんよ」ホスキンズさんは指摘した。

そのあと、ミス・シブレイは外に出て、それを確認した。たしかに低いほうの切妻屋根に隠れて、地面に立っている人間から窓は見えないようになっていた。

残念なことに、その部屋に家具はひとつもなかった。

「でも、こいつを見つけたんです」ホスキンズさんが汚れのこびりついた革表紙の小さな本を差し出した。「梁んところに押しこんであったんで」

本を開くと、ページには手書きの文字が並んでいた。どうやら日記のようだ。

「あら、ありがとう」

「この部屋も内装は必要ですかね？」

「いろんなことを考えあわせるとね、必要ないわ。ここをそんなに使うとも思えないし。埃だけ掃除しておいてくれれば……」

ミス・シブレイの頭の中は、すでにまたシシリー風チョコレートチーズケーキでいっぱいになっていた。

とはいえ、日記にだけはざっと目を通した。インクは茶色に色あせ、筆跡も細かくて判読しにくかった。

〈わたし、ガブリエル・ジェローム・カンピオンＳ．Ｊ．（Society of Jesusの略。カトリック修道会のイエズス会士が名前のあとにつける）は、生きてこの場所を出ることがなかったときのため、この日記を書き残すこととする。これを見つけた方は、どうか、わたしの魂が安らかに眠れるよう祈っていただきたい……〉

ええ、気の毒な方のために祈って差しあげなきゃね。そう思って、ミス・シブレイはそのことを忘れないよう、念には念を入れてハンカチに結び目を作った。

ここに長いあいだいたのかしら？　なにがあったのだろう？

「ありがとう、ホスキンズさん」ミス・シブレイは心ここにあらずといったようすで繰り返すと、狭い階段をおりて、羽目板張りのドアから、脚立を使って床に降りた。

「ドアに別の留め金具をつけておきますかね？」

「ああ、けっこうよ、いらないわ。今ので十分でしょう」

「ドアまで階段かなにか造りますかい？」

「いいえ。覚えてらっしゃるかしら、この小さな寝室は料理本の書庫にするつもりなのよ。だから、その壁と、その正面の壁には料理本用の棚を造っていただきたいの。そうしたら、よくある図書室用の小さな脚立を買うから、もしあの秘密の部屋に入りたくなったら（まあ、そんなことはないと思いますけどね）、それを使うわ。ありがとう、ホスキンズさん。あら、大変。もうお茶の時間ね。お湯を沸かしにいかなきゃ」


アダムズ博士とウェイクハースト牧師は、日記が発見されたと聞いて大いに盛り上がった。その知らせを人づてに聞いたのがその日の夕方で、次の日にはさっそくウェイクハースト牧師はミス・シブレイのところへいって、資料をお借りできないかとたずねた。

「これで、四百年の謎が解けるんですよ」牧師はうれしそうに告げた。「地元の伝説がありましてね。黒いコートを着た男がハズワース水車小屋への道をたずねているのが目撃されているんです。が、そのあと男の姿を見た者はいませんでした。その冬は大洪水があって、ニープ川が氾濫して土手を越え、トリップヒル（今は廃駅があるところですよ）のふもとまで水の下に沈んだのですよ。その洪水で村の人々も大勢亡くなりました。粉屋のハワードもその一人です。だから、その見知らぬ男も亡くなったにちがいないと考えられていました。遺体は、ショアビーまで流されたんだろうと。しかし、今回のことで、ハワードがその男を秘密の部屋に泊めてやっていたという可能性が強くなりました。ハワードは、危険が去ったら、男を送り出してやる算段だったのでしょう。しかし、洪水でハワードは命を落とし、水車小屋にはもどれなかった。気の毒な神父はおそらく餓死したのでしょう。ハワードの息子は船乗りで、海からもどってきてここを受け継いだんですが、そのときに遺体を見つけて、ひそかに葬ったのにちがいありません。哀れなことです。なんとも痛々しく孤独な最期だ」

「あら、孤独ではなかったのよ」ミス・シブレイは言った。「ワトキン氏という人物がいっしょだったんだもの。何度か日記に出てくるわ。『親愛なる愛すべきワトキンがいっしょでなければ、心安らかに落ち着いていられたかどうかわからない』って」

「本当に？」牧師はがぜん好奇心をかきたてられ、一段と声を大きくして言った。「ということは、そのワトキンなる人物はだれだったのだろう？」

「もう一人神父がいたのよ、きっと」ミス・シブレイはたいして関心もなさそうに言って、ウェイクハースト牧師に今にもバラバラになりそうな汚れた本を差し出した。「どうぞ、お持ちになって、牧師さま。わたしはそんなに興味がありませんから」

「本当によろしいんですか？　これについて論文を書いて、ウェセックス考古学学会で発表しよう」牧師は大喜びで宝物を抱え、ミス・シブレイが気を変える前にそそくさと帰ろうとした。が、ドアのところまでいって、さすがに礼儀に反していると気づいて振り返った。「引っ越しはいつのご予定ですか？」

「今夜ですよ。まだ工事しなければならないところは残っているんですけど、キッチンのコンロも使えるようになりましたし、もうお湯も出ますしね。寝室もひとつできあがったので、ここで寝泊まりしない理由はありませんもの。そうすれば、なにか問題が起こったときも、いちいち出向かなくてすみますし。もちろん、問題は起こってほしくはありませんけど」

ウェイクハースト牧師はわずかに逡《しゅん》巡《じゅん》するかのように顔を曇らせたが、三連アーチの橋を渡って帰っていった。水が水路を勢いよく流れ、水車池に流れこむようすが見える。だが、と牧師は考えた。結局のところ、幽霊とはなんなのだ？　まったく見ない人だっている。それに、今世紀も終わりに近づいた今、彼らの力も失われているようだ。ミス・シブレイはああいう分別のある、実際的な人だし、起こるかどうかもわからないことで悩ませるのは、おろかしい許されぬ行為だろう。

気の毒なガブリエル神父！　すばらしい善人だったにちがいない。たしかに、宗教に関しては誤った頑迷な見解を持っていたかもしれない。だが、どちらにしろ、現代ではそれぞれの教派間の相互理解ははるかに深まっているし、ずっと寛容なのだ。

それにしても、ワトキンというのはだれなのだろう？　なぜ彼の遺体は見つからなかったのか？　ああ、アダムズはこの発見に夢中になることだろう！

そもそも、実際には、水車小屋でだれかがなにかを見たわけでもない。少なくとも、わたしはそんな話は聞いていない。人々がなにかを感じたり聞いたりした、いや、感じたと思ったり聞いたと思ったりしたことが大げさな話になっているにすぎない。

ウェイクハースト牧師は、今にも降り出しそうな濃い紫色の空の下を足早に歩きながら、夢中になって日記を読みつづけた。

〈ワトキンと化体説（聖餐のパンとぶどう酒がキリストの肉と血という実体と化すこと）について長い問答を交わす。おかげで、空腹の苦しみから気をそらすことができた。彼の考えには抜きん出た共感力と理解力がある。彼の表情の偽りなき温かさよ！　そうできるのなら、彼が心の奥底にある思いをすべて打ち明けてくれただろうことを確信している〉

ワトキンは口がきけなかったということはあるだろうか？　ウェイクハースト牧師は不思議に思った。それとも、外国人で英語が話せなかったとか？

〈わたしはワトキンに、大きな罪だけでなく、ほんの些細《ささい》な過ちについても告白した。聴罪司祭（罪の告白を聴き、赦免を与える司祭）の前では口にするのも恥ずかしいようなごく小さな落ち度もだ。今では、ワトキンは生あるもののすべてを含めても、だれよりわたしの過ちについてよく知っている。しかし、だからといって、彼の態度に変わりはない。そしてわたしは、驚くほど魂が慰められるのを感じる。心身が衰弱し、混濁《こんだく》しはじめているが、わが創造主の御前に出ることにまったく恐れは感じない。それはみな、わが善きワトキンのおかげなのだ。わたしが彼に同じような恩寵を与えることができればいいのだが！〉

〈今日もまたワトキンと奇跡について語り合う〉その翌日、ガブリエル神父はそう書き残していた。その筆跡は、目に見えて弱くなっていた。

いったいワトキンはどうなったのだろう？

〈Wと罪の贖罪《しょくざい》について話す……〉そこで、日記は途切れていた。

ミス・シブレイはハズワース水車小屋に引っ越して最初の夜を祝おうと、ロールケーキを作ることにした。が、当然のことながら、完全な失敗に終わった。いちばん基本的でシンプルで、なんなら退屈なケーキだと思っていたのだが、実際は、一筋縄ではいかない、細心の注意を必要とするケーキで、初心者が手を出すなど言語道断だったのだ。小麦粉は特別な種類のものを使わないとならないし、卵は注意深く選んで、オーブンは慣れた、使いこなせるものでなければならない。こうした条件はひとつたりとも満たされていなかった。ミス・シブレイが新しいオーブンを使うのは初めてだったし、まだちゃんと調整もされていなかった。小麦粉は湿っていて、どちらにしろ、いい銘柄のものではない。卵はいろいろな種類が混ざっていた。結果、出来上がったケーキは中は生焼けなのに表面はカチカチで、敷き損ねたコンクリートみたいに型の底からはがさなければならなかった。言うまでもなく、ミス・シブレイは一口二口食べてみたあと、すっかり気分がくじかれ、しゅんとなってベッドに入ったが、ほどなく、ほとんど家具もなくペンキのにおいがプンプンしている部屋ではとても寝つけないことに気づいた。

そんなことをしているあいだにも、落ち着きのない風は激しさを増していた。ミス・シブレイは夕食をとり、暖かいキッチンにすわって、汚れひとつない窓ガラスの向こうで、柳の長くしだれた枝が強風に激しくしなる不気味な光景を眺めていた。風にあおられ、ねじれ、よじれるさまは、魔女の髪のようだ。そして、再びベッドに横になったあとも、高窓から、定期的に水浸しになる肥沃な牧草地にずらりと並んだポプラの木々が、フィットネスクラブの熱狂的な生徒たちみたいに、ほっそりした幹を前後左右に激しくしならせ、たわませているようすが見えた。

風の音は聞こえなかった。水車小屋の中では、ゴウゴウと流れる水の音で外の音はかき消されてしまう。しかし、風がますます強さを増すと、どこか家の中でドアがバタンバタンと鳴る音が聞こえてきた。ミス・シブレイは十分ほど、いや増す苛立ちに耐えていたが、とうとうベッドを出て、イライラのもとを止めに音の出所を探しにいった。

うっとうしい音を出していたのは、書庫にする予定の小部屋のドアだとわかった。へんね、とミス・シブレイは思った。この部屋の窓はちゃんと閉まっているのに。なぜ風が入ってきたのかしら？　どうしてドアが開いたり閉まったりするわけ？

そう思った次の瞬間、ミス・シブレイは気づいた。壁の高いところに四角い黒い空間がぽっかりと開いている。例の羽目板張りのドアが開いているのだ。妙だわ、とミス・シブレイは考えた。ホスキンズさんは、作業員の人たちと引き上げるとき、閉めていってくれたはずなのに。もちろんわたしは開けていないし。じゃあ、どうやって勝手に開いたわけ？　まあ、強い風が吹きこんできて、なにかの拍子で留め金具が外れてしまったのかも。とにかく、あそこへあがって、もう一度閉めないと。上の階に冷たい空気がどんどん入ってきてしまう。

羽目板張りのドアと留め金具は高いところにあって届かないので、書きもの机として使う予定のテーブルを下まで押していった。そして、さらに椅子を載せ、その上にあがった。

ドアを閉めようとしたとき、上の小部屋からかすかな音がしたような気がした。悲しげなうめき声のようにも聞こえる。ミス・シブレイは手を止め、耳を澄ましたが、それきりなにも聞こえなかった。

聞きまちがいね、とミス・シブレイは考えた。そして、ドアを閉めると、テーブルからおり、ベッドへもどろうとした。が、そのとき、ドアの向こうから大きなノックの音が、等間隔で三回聞こえた。

ドン、ドン、ドン。

それからしばらく、しんとなった。そしてまた、三回聞こえた。

ドン、ドン、ドン。

風ってことはありうる？　ミス・シブレイはそう思って、一瞬ためらったのち、今度は少しびくびくしながら、またテーブルの上に乗ってドアを開き、中をのぞいた。なにも見えない。

ところが、ドアを閉め、部屋を出ようとすると、またノックの音がした。ドン、ドン、ドン。

「まったくバカバカしいったらありゃしない」ミス・シブレイはプンプンしながら言った。「でも、一晩じゅうあんな音が聞こえてちゃ、とてもじゃないけど眠れないわ。ってことは、中を調べるしかない。でも、こんなかっこうで入るわけにはいかないわね」

そこで、ミス・シブレイは自分の部屋にもどってズボンと厚手のカーディガンを引っぱり出し、強力な懐中電灯をひとつ持った。新しく設置した電気系統になにかあったときのために、買っておいたのだ。そして、もう一度テーブルの上に乗ると、今回はそのままよじのぼるようにしてドアから中に入った。

入ったとたん、背後でドアがバタンと閉まり、ひとりでに掛け金がかかった。バネがカチリとはまる音が聞こえた。

ミス・シブレイは冷静で分別のある人間だった。しかし、そうだとしても、内側から羽目板張りのドアを開ける方法がないことはわかっていたので、相当に打ちのめされた。しかも、明日は土曜日だ。作業員たちは家にはこない。そしてもちろん、その次の日は日曜日だ。だから、彼女が窮地に陥っていることに、だれかが気づいて、外に出してくれるまでに、少なくとも五十時間はあるということだ。

それまでのあいだ、どうしてろっていうのよ？

自分の資産を調べることにしましょうか、とミス・シブレイは実際的な答えにたどり着き、階段をのぼって変わった形をした小部屋に入った。

懐中電灯の光をぐるりとあてると、作業員の人たちが中をきれいに掃除し、少なくとも清潔で、なにもない状態にしてくれたことがわかった。ドアが開いたり閉まったりする原因になりそうなものは、見当たらない。家具はなかった。つまり、床にすわるか、あまりすわり心地はよくなさそうだが、床から三十センチほどのところにわたしてある横梁だか根太《ねだ》だかのどれかに腰かけるしかない。そこにすわって頭をあげたら、うしろの天井にぶつかってしまうだろうが仕方ない。

まあいいわ、少なくともすわれるんだし、とミス・シブレイは思い、梁を選んですわると、さっきまで寝心地のいいベッドにいたのに自分を憐れんでいたんだから皮肉なものね、と考えた。消化不良のせいで眠れないだなんて。今から思えば、ベッドがひどく贅沢なものに思えるわ！

そのとき、部屋の隅のほうをなにかがさっと横切った。ミス・シブレイは思わずぎくりとして、ヒッと悲鳴にならない悲鳴をあげた。この世界にミス・シブレイが怖くて恐ろしくてたまらないものがあるとすれば、それはクマネズミだった。

「ネズミが嫌いなのに、水車小屋に住むおつもりなんですか？　水車小屋なんてネズミだらけですよ」驚いた銀行員にそうたずねられたが、少なくとも四十年は水車小屋として使われていなかったのだし、さらに二十年間、人も住んでいなかったのだから、いくら以前はいたとしても、とっくにもっと上等な食べ物のある住みよい場所へ移っているでしょう、とミス・シブレイは言った。「川ネズミならいるかもしれないけれど、大きなクマネズミほどは嫌ではないし、第一、川の中にいるわけよね？」などとあいまいに答えたのだ。

けれども、今ここで、なにかがカサコソ音を立てて動いている。すばしっこくて、こそこそした、そしてそれよりなにより、予測のつかない、食い止めるすべのないあの動きは、おそろしいほどクマネズミに似ている。ミス・シブレイは恐怖で飛びのいたひょうしに、天井のタイルにしこたま頭をぶつけてしまった。

激痛が走った。目の前に星が飛び、痛みとショックで涙があふれ出す。息もたえだえに、ミス・シブレイとしては最大級に品のない言葉が思わず口をついた。「こんちくしょう！」すると、なぜかまったく別の感情が洪水のように押し寄せてきた。これまでの人生で経験したどんな感情ともちがう、耐えがたい悲痛な思いがドウとばかりに襲いかかってきたのだ。山崩れに巻きこまれた岩のように、ミス・シブレイはよろめき、床の上に倒れ伏した。そして、両腕に顔をうずめ、押し寄せる涙に溺れ、泣いて泣いて泣きつづけた。

なんのために？　もしそうたずねられても、ミス・シブレイは答えられなかっただろう。無駄になった人生のため、失われた愛のため、無味乾燥で非生産的な仕事に費やしてしまった若さのため、逃したチャンスのため、だめになってしまった友情のため、取り返しのつかない過去のため。

どのくらい泣いていたのか、ミス・シブレイにはもはやわからなかった。数時間は泣いていたかもしれない。

けれども、とうとう、そう、ついに計り知れないほど長いトンネルの向こうに小さな閃きが現れたかのように、かすかな考えがぽっと浮かんだ。**でも、結局のところ、今あなたはこうして水車小屋にいる。昔からずっとそうしたかったとおりに。そして、ケーキ作りを始めようとしてい**

る。昔から計画してきたのでしょう?

たしかにそうね、ミス・シブレイは驚きつつも答えた。すると、その声は——そう、どうやら彼女の内側ではなくて、外に存在しているらしいその考えは、こう付け加えた。**もしかしたら、今あなたが閉じこめられているこのおかしな形の部屋は、人生のコンマみたいなものではないでしょうか?**

コンマ?

コンマでも、小休止でも、別々の考えのあいだにある、束の間の休憩時間でもいい。一息ついて、考え直し、まわりを見回して、なにか新しいことが訪れるのを待つ時間のことです。

なにか新しいもの。

いったいわたしはこんなふうに打ちのめされ、汚らしいかっこうで床に倒れて、なにをしてるんだろう? ミス・シブレイは顔をあげた。すると、無意識のうちに梁に置いた右腕が目に入り、あら? と思って顔をしかめた。右の手首にぽつんと光が見える。蛍光の腕時計みたいな。

目をしばたたいて涙を払う。腕時計などではない。

たしかに光っているけれど、そんなに明るい光ではない。燐光のようなかすかな輝きだ。腐りかけた魚が発するような。そう、悪くなりかかっている魚が。その光の片端に、とても明るい火花のようなきらめきが二つ見える。すると、チャボの卵くらいの大きさの光る物体はさっと動いて、向きを変えたので、二つの火花は見えなくなったが、またすぐに別の場所に現れた。

ミス・シブレイはとっさに手首を引っこめて、そのなにかわからないものを振り払いたい衝動に駆られた。コウモリ？　吸血コウモリとか？　それとも、ドクロ蛾《が》？　そんなとっぴな想像が頭をよぎる。

しかし、次の衝動は第一の衝動に勝《まさ》った。最初にカサコソという音に気づいたときに浮かんだ可能性から生まれた第二の衝動は、彼女にじっと動かず、息をひそめて待てと告げていた。目を凝らし、耳を澄ませ、と。

ミス・シブレイはじっと待った。そして、手首の上のかすかな輝きを、目を凝らして見つめた。そのかいはあった。

じっと息をひそめ、静かにしていると、やがてその光はどんどん明るくなり、形が見えてきた。クマネズミではない。まちがいない、そこまで大きくはない。でも、ハツカネズミにしては大きすぎる。

野ネズミ？

それは、するりと頭に浮かんできた。さっきコンマについての考えが浮かんできたときと同じように。小さくて、すべやかな、臆病者のネズミ。野ネズミは、秋の風が冷たくなると、屋内に移動してくると聞いたことがある。きっとこの子もかつて、そうやってここへ入ってきたんだわ。

そう、はるか昔、ずっと昔のことにちがいない。だって、今では完全に透けているもの。すると、野ネズミはそっとミス・シブレイの腕伝いにあがってきた。その体を通して、ミス・シブレイの着ているカーディガンの赤と青の縞模様がはっきり透けて見えた。

そうよ！　ミス・シブレイは心の中でさけんだ。あなたがだれかわかったわ！　あなたがワトキン氏ね。親愛なる愛すべきワトキンよ。

微笑《ほほえ》みのように、お互いの思いがふたりのあいだで交わされた。

ええ、ガブリエルです、ぼくにその名前をくれたのは。お返しに、ぼくは彼を助けることができました。ぼくたちはお互いのために、それぞれのドアを開いたのです。ガブリエルはいなくなってしまいましたが――

ええ、ガブリエルさんはいなくなって、それで？

ぼくのことを変えてくれました。成長させてくれたと言ってもいいかもしれません。この屋根裏部屋には、まだガブリエルの残留物のようなものが残っています。痛み、恐怖、そして同じように、希望や慰め、ぼくたちが築いた友情も。ガブリエルは今では教会の墓地に葬られています。ワトキンは、メンフクロウに呑みこまれて、骨と毛皮のかけらになりました。でも、ガブリエルとワトキンの生み出したものはまだ生きているし、希望があるかぎり、これからも生きつづけます。希望を感じる心も。

ありがとう、ワトキン、とミス・シブレイは言った。わたしのことも助けてくれてありがとう。わたしも同じように、いつか、だれかを、助けられるよう願ってる。

ええ、そうなると思います。その声は、さっきより近くから聞こえた。ミス・シブレイは床の上に横になって、ぐっすり眠った。その右肩のあたりで、ワトキンはかすかに光っていた。

土曜日の朝、ホスキンズさんは水車小屋に置き忘れた道具を取りにいった。すると、ちょうど同じ時間にウェイクハースト牧師もやってきた。すばらしく貴重な日記をもらったお礼を改めて言いにきたのだ。キッチンにミス・シブレイの姿が見当たらないので、二人は心配になって家の中を探しはじめた。その声を聞いたミス・シブレイは狭い階段を駆け下りて、羽目板張りのドアを内側からバンバンと叩いた。二人は驚いてドアを開け、ミス・シブレイを外に出してやった。

「ミス・シブレイ！　いったいなにがあったんです？」

「それが、ドアが閉まってしまったんです、昨夜の強い風で。それで閉じこめられてしまって」ミス・シブレイは明るい声で言った。「ホスキンズさん、ホスキンズさんの言うとおりでしたわ。掛け金を新しいものに替えなきゃ。またこんなことにならないように」

「それで――その、大丈夫でらっしゃいますか？　一晩じゅう、閉じこめられていたんですよね？　怖くはなかったですか？」牧師はミス・シブレイの顔を探るように見た。「なにか――その、不吉なたぐいのことは――ありませんでしたか？」

「不吉なこと？　いいえ！　むしろこんな幸運なことはないというくらいいいことがあったんですよ！」ミス・シブレイは嬉々として答えた。ここでの未来のことを思い浮かべる。最初は、よく考えもせずに、行き当たりばったりで決めてしまったかもしれない。でも、ハズワース水車小屋ほど、ケーキを焼くのに、そう美しいケーキを作るのにぴったりのところはない。必要な技術はだんだん身についていくだろうし、彼女の作るケーキはどんどんおいしくなっていくだろう。まあ、最初はちょっと失敗することもあるだろうけど。でも、ぼろぼろに崩れたケーキをだれよりも喜んでくれるのは、野ネズミたちだものね。

訳者あとがき

本書『お城の人々』は、二〇二二年に出た『ルビーが詰まった脚』に続き、ジョーン・エイキンの短編集 *The People in the Castle*（お城の人々）から残りの十編を訳出したものです。『ルビーが詰まった脚』のあとがきで、わたしはこんなふうに書いています。

……なんとか言葉にするならば〝終わりの予感〟とでも言うような、切ないのにどこか穏やかなムードをひしひしと感じています。

今回もその印象は変わりません。十編の物語には、うっすらと、あるいは濃厚に、死の気配が漂っています。死者の国からの訪問者も多く登場しますし、ひとつの生や、世界自体の終わりを匂わせる物語すらあります。にもかかわらず、やはりどこか穏やかで、肯定的なムードが感じられるのです。

少女が飼い犬の「濡れた耳を探り当て、そうっと引っぱる」ときや（「ロブの飼い主」）、「サルバトール・ダリのカレンダーの絵のような」死んだ恋人たちの再会の場面（「ハープと自転車のためのソナタ」）、友だちが生前書き溜めた詩をどうしても出版してほしいと頼んでくるとき（「冷たい炎」）、そこには死が存在するのに、同時に温かさを感じます。公務員としてどうやら四角四面に働いてきたらしい二人は、「この世のものとは思えぬ」美しい音楽で開くひみつの岩壁に受け入れられますし（「ひみつの壁」）、隠者のような生活をしていた医者は妻に「あなたもきて、いっしょにお城で暮らしましょう」と「お城」へいざなわれます（「お城の人々」）。別の世界へむかう場面にあるのは、恐怖や拒絶ではなく、穏やかな受容なのです。

　死があるからこそ生が輝く、というのは使い古された言いまわしかもしれませんが、エイキンの物語は、この言葉に新たな輝きを与えてくれます。中でも、「足の悪い王」と「ワトキン、コンマ」には、エイキンの思いがそのまま描かれているような気がしてなりません。「足の悪い王」のローガン夫人のおしゃべりは、フィリップやサンドラには、年寄りの意味のないたわごとにしか聞こえません。でも、よく耳を傾ければ、かつて作家だった夫人の来し方を表わしていることがよくわかるはずです。シェイクスピアやバイロンなどさまざまな詩人たちの引用、賛美歌の一節、好きだった食べ物、若かりしころ訪れた地、長靴に水が入ってきたときの感覚……そうしたひとつひとつが、ローガン夫人という人間を形作っているのです。だからこそ、「ちっともおかしくないよ。わたしにとってはね」というローガン氏のセリフは胸に迫ります。

一転、「ワトキン、コンマ」のミス・シブレイは、とても実際的な女性です。なにしろ、幽霊よりもクマネズミが出るほうがよほど怖いというのですから！　遺産が手に入ると、さっさとそれまでの銀行の仕事をやめ、不動産を購入し、ケーキ屋を開くべく、家の改装を始めます。工事の最中に、貴重な歴史的資料や遺物が発見されても、興味が湧いたりロマンをかきたてられたりすることもなく、惜しげもなく人にやってしまうのです。しかし、そんな彼女にも「泣いて泣いて泣きつづけ」るときがやってきます。

なんのために？　もしそうたずねられても、ミス・シブレイは答えられなかっただろう。無駄になった人生のため、失われた愛のため、無味乾燥で非生産的な仕事に費やしてしまった若さのため、逃したチャンスのため、だめになってしまった友情のため、取り返しのつかない過去のため。

そんなとき、彼女を救うのが幽霊のくれた実際的なアドバイスなのは、とてもおもしろいと思います。

そう、そんな皮肉の使い方も、エイキンの物語をエイキンの物語らしくしているひとつだと思います。クスッと笑いたくなるようなささやかな皮肉、現代社会の矛盾に鋭く切り込む皮肉、人の運命に降りかかる皮肉。大事な詩が足載せ台にされてしまったり、ジーンズにシャコー帽をかぶるはめになったり。「携帯用エレファント」の官僚主義や、「ひみつの壁」の役人根性に失笑する読者もいるでしょう。一番嫌っていた生徒が一番親切にしてくれたり、一番気に入っている曲が一番嫌われたり、なんてことも起こりますし、愛する人といっしょに暮らしはじめたはずなのに、心無い言葉を投げかけてしまったり、時には、人を死に追いやろうとした側が死に追いやられるといった皮肉に満ちた悲劇も描かれます。

皮肉というのは、物事を直接的にではなく、一見まったく関係のない出来事を使って遠回しに指摘することです。エイキンの物語の持つ不思議な味わいは、この「一見まったく関係のない出来事」が突飛で、荒唐無稽で、ファンタスティックで、魅力にあふれているところから生まれているのかもしれません。そんな稀有な作家の類まれなる物語をみなさまが楽しんでくださいますように。

最後になりますが、編集の小林甘奈さんと、いつもエイキンの物語世界にぴったりの装画を描いてくださるさかたきよこさんに心からの感謝を。

お城の人々

著　者　ジョーン・エイキン
訳　者　三辺律子

2023年12月8日　初版

発行者　渋谷健太郎
発行所　(株)東京創元社
〒162-0814　東京都新宿区新小川町1-5
電話　03-3268-8231（代）
URL　http://www.tsogen.co.jp
装画・挿絵　さかたきよこ
装　幀　岡本歌織（next door design）
印　刷　フォレスト
製　本　加藤製本

乱丁・落丁本は、ご面倒ですが小社までご送付ください。
送料小社負担にてお取替えいたします。

ISBN978-4-488-01130-7 C0097